反串

PLAYING NOT ONE'S CUSTOMARY ROLE

吴彤 著

敦煌文艺出版社

图书在版编目（CIP）数据

反串 / 吴彤著. — 兰州：敦煌文艺出版社，2019.1（2023.1重印）
　ISBN 978-7-5468-1674-6

Ⅰ．①反… Ⅱ．①吴… Ⅲ．①电视文学剧本－作品集－中国－当代②话剧剧本－中国－当代 Ⅳ．① I230

中国版本图书馆 CIP 数据核字（2018）第 283042 号

反串

吴　彤　著

责任编辑：张家骝
装帧设计：李　娟　禾泽木

敦煌文艺出版社出版、发行
地址：（730030）兰州市城关区读者大道568号
邮箱：dunhuangwenyi1958@163.com
0931-2131273　2131397（编辑部）　　0931-2131387（发行部）

三河市嵩川印刷有限公司印刷
开本 787 毫米 ×1092 毫米　1/32　印张 6.75　插页 1　字数 130 千
2019 年 12 月第 1 版　2023 年 1 月第 2 次印刷
印数：3 001～6 000

ISBN 978-7-5468-1674-6
定价：36.00 元

如发现印装质量问题，影响阅读，请与出版社联系调换。
本书所有内容经作者同意授权，并许可使用。
未经同意，不得以任何形式复制转载。

Contents
目 录

001
反串

059
除夕

136
春风正度

【话剧】

反串

Playing Not One's
Customary Role

范伟　吴彤

作者简介

　　吴彤,国家一级编剧,北京人民艺术剧院创作室主任,中国戏剧家协会会员。主要作品有话剧《生·活》(合作)《瑞雪长歌》《七点半爱情》,电影《防守反击》,电视剧《我爱我家》(合作)《低头不见抬头见》《电影厂的招待所》等。曾出版文集《那人那艺》。

第一幕

【舞台:这是一间排过几部戏的地下室,一张道具方桌和两把太师椅,方凳若干。

【几样不知道什么戏用过的道具散放各处,在戏剧的进展过程中这些道具都被派上用场。

【一枝随时可以出现的桂花花枝,可虚可实。

【剧场最后一遍钟。压光。

【空袭警报。

【一组人的脚步声由远及近。

【大门声,地库门声,沉闷的斥责。

【静场。

【导演兼效果的位置光起,效果师正摆弄设备。

【水滴声。

【光渐亮。

【观众看到椅子上一个麻袋包裹的类似人形的东西正蠕动着。

【导演轻轻按了一下铃。

先生：有人吗？这是什么地方？把我带到这个地方干什么？请把这该死的麻袋给我拿下来！

【导演做着砸门效果："住口！别嚷嚷！"

先生：告诉我这是为什么？你们是什么人？为什么把我带到这个地方？这不是在躲空袭,你们谁能告诉我？

导演：一会儿你就知道了！

先生：你是谁？告诉我尊姓大名！我有权利知道！

导演：告诉你？我脑袋还要不要？我们老大一会儿就到,你问他吧。我看你现在还是省省心吧！

先生：你们老大？你们是什么机构？老大他现在在哪？

导演：老大在喝早茶！

【做效果,配画外音："老大到！"

【开地库门的效果。

【光线从斜上方射进来,沿着一架旧木楼梯,一个看似沉重的身体拄着拐杖一步一步走下。

先生：快把这该死的东西拿下来！闷死我了！

匪头：谁也没捆着你的手,自己拿下来吧！——财神爷。

先生:(边摘下麻袋边问)你刚才称呼我什么?

匪头:财神爷呀。

先生:财神爷?这么个又大又高的帽子,我可顶不动。(竖直了身体)你是谁?

匪头:我是谁不重要。

先生:你就是老大?刚才在书局是你的人?

匪头:先生,您受惊了。

先生(凑近了看匪头):刚才那些人里面没有你。

匪头(咳嗽):我本来是要亲自到书局去的。可惜我最近腿脚不怎么利索,还有点咳嗽。

先生(压低声音,显得有点好奇,有点天真):你手下的人把我绑到这个地方,不是在躲空袭,对不对?我被你们绑架了?对不对?

匪头:不要着急,先生,咱们可以慢慢聊。

先生:你这位先生讲话很有礼貌,请问贵姓?

匪头:手下人都叫我老大。(外面传来一阵飞机掠过的呼啸,几声沉闷的爆炸声)这个地方还不错吧?人迹罕至,与世隔绝,很适合您这样的人参禅悟道。

先生(像是揭穿了一个谜底):你们搞错了,我并不是你们要找的有钱人。

匪头:这事儿您说了不算。我们对您多少有一点了解。您是这地界儿上最大的出版公司的创始人、总经理……

先生(纠正):是前总经理,我去年已经退休啦。

匪头:好吧,前总经理——(咬文嚼字地)出版行当最大的公司的前总经理,您说您没有钱,天底下有人会信么?

先生(好脾气地拉着长声):看来你们是只知其一,不知其二。我确实经手过一些钱,不过那些钱不是我个人的,是董事局和全体员工的,我只是股东之一。

匪头:我不懂什么懂事儿不懂事儿。您前些日子光嫁闺女就花了30万大洋。

先生:简直是说笑话。我自己嫁闺女,数目我清楚。

匪头(拐杖敲了几下地):对您,我们是做过调查的。我不想跟您绕弯子了,一口价,30万大洋,就是您嫁闺女的数目,不过分吧?

先生:你们调查得不准确。就算我真有钱,你们也不该是这么个取法儿。

匪头:君子爱财,取之有道,对不对?

先生(像是突然遇到了"知音",认真地):对,对,你说得很对。这是《论语》里一个很核心的观点。子曰:富与贵,是人之所欲也,不以其道得之,不处也;贫与贱,是人之所恶也,不以其道得之,不去也。

匪头:您这么一白活,我反倒不明白了。

先生(有点急切地):我再稍微讲一下你就明白了。金钱和地位,是人人都向往的,可是如果不是由正道得来,碰都不要碰!君子之所以为君子……

匪头(打断先生):这些道理,您还是讲给你们阔人听吧。

先生:这些道理,不分贫富,人人都应该知道……

匪头(摆摆手):好了先生,咱们不聊这个。

【匪头走到桌边,在空着的太师椅上坐下来,朝导演摆了一下手。一枝桂花探了出来。类似八音盒的魔幻音乐配合着。

匪头:不管怎么说,您的到来,令寒舍蓬荜生辉。也许您一开始不大习惯。不出三天,保证您可以习惯。您听清楚了,三天是一个期限!

先生:我拿不出你说的那个数目。这位先生,我可以称呼您先生吗?不要再浪费时间了,请你马上送我走。

匪头(好笑地):送你走?

先生(讲道理地):是啊是啊,我还有一些要紧事要做。刚才你的朋友们到我书局的时候,我有一个字正写了一半,还没有来得及写完,毛笔和砚台就被他们搞到地上去了,真是一些毛手毛脚的年轻人。

匪头(像打量怪物似的打量着先生):我大概能理解。我要是正在干一件事,突然被人打扰了,也会不高兴的——您说的要紧事是什么？

先生（耐心地）：我正在校勘一套书。现在时局紧迫，日本飞机天天轰炸，我的书局准备南撤，我这岁数跑不动了，只是想在有限的时间内把这套书校勘完成，以飨后人。可就在这个时候，你们趁小日本轰炸的当口，把我绑到了这个鬼地方……

匪头：你刚才说……什么……校勘是干什么的？

先生：校勘……是中国古籍整理的一种方法。校是查校古书中文字的异同，勘是勘正古书流传过程中出现的错误。我今年六十一了，这个工作要做到七十岁才能完成，我还不知道自己能不能活到那个时候，所以，我很着急。

匪头：您恐怕高估自己的工作了。我没有读过您的任何一本书，还不是活得好好的？（咳嗽了两声）还不是该咳嗽就咳嗽？

先生（关切地）：不要小看咳嗽，咳嗽不是一件小事情。你咳嗽多久了？

匪头：我咳嗽……咳，您最好别跟我逗咳嗽。

先生：我不明白你的意思……年轻人……看上去你也就是我孩子的岁数。不管你是谁，你们把我搞到这里来，首先是失礼，其次是误会，至于到底是谁的责任我现在不去深究了。麻烦你们再辛苦一趟，送我走，送我回书局。

匪头:老先生,您不要揣着明白装糊涂。我可不吃这一套!

【先生站起身来。

匪头:您想干什么?

先生:你们不送我走,我自己走。

匪头:您真以为您走得出去?

先生:你们要是不放我走,我可就要喊人了!

匪头:嘿,有意思。喊,喊,使劲喊呀!您现在就是喊破了嗓子也没人能听见。

先生:你们当真是要绑我,没有搞错?

匪头:在这之前,我们跟您写过信,打过招呼,可您不理我们呀。我们也不愿意动粗,谁不愿意平平安安拿钱呢?实话跟您说,你们家有几颗钉子,我们都一清二楚。

先生:钉子倒是有一些。(叹了口气)这一年来,我每个月都会收到一两封敲诈勒索的信件,真是不胜其扰。我要是回回都当真,日子就没办法过了——哼,光天化日之下绑人,这个世界还成什么样子!

匪头:您说的一点不错,我对这个世界也不怎么满意。

先生(生气地):为了钱财,绑架无辜,你……你们不觉得羞耻吗?

匪头:羞耻?一点也不。我有我的职业自尊。我说老爷子,您不妨把这当作一次休假,这么着您就放松下来了。一个人要是把自个儿的工作看得太重要,很容易精神紧张,很容易动气。

先生:听你的谈吐,你不是一个没有见识的人,为什么要做这一行?

匪头:您问到我的痛处了。绑票,这是一个短命的职业。可是有什么办法呢?眼下,小日本入侵,新旧军阀打成了一锅粥,都忙着争权、分赃,有钱有势的土豪们都忙着搜刮地皮,像我这种没出息的,只能凑合着从富人们身上讨一口饭吃,免得饿死。俗话说得好:出名须趁早,绑票得趁乱。

先生:你这个说法可真新鲜!

匪头:(围着先生转了一圈,发现先生的衣服袖子上有个补丁)这补丁是为了装穷故意缝的吧?喷喷,您可真能装!

先生:(沉默了一会儿)老大,不,先生,听我一句劝,人生在世,不可以过分看重钱财……过度积攒钱财不是一件好事,甚至可以说,是一桩罪恶。

匪头:人不是穷死的,人是不知足比死的!人比人气死的!

导演:剧本上没这句!

男演员(进入现实的自我):我就纳闷儿,贪那么多的钱,也不敢花,更不敢存银行,天天提心吊胆地当守财奴,这整件事儿,有乐子吗?

女演员:你出戏了啊!

男演员(依然不忿地):钱都没开包,还都连着号呢!点钞机烧坏了六台!(朝观众)六台!

女演员:你神经啦?

男演员:最后不是搭上老婆的命,就是搭上儿子的命,这辈子到底忙活什么呢?

导演(终于沉不住气了):嘿!脑子都别出岔儿!接词儿——过度积攒钱财不是一件好事,甚至可以说,是一桩罪恶——

匪头:这种罪恶,对我来说,多多益善。先生,我听说,您经常给慈善机构捐款。您,是个慈善家?

先生:我确实捐过一点钱,慈善家可不敢当。

匪头:您捐的钱可从来没有到过我们手里。慈善要落到实处才算慈善。不瞒您说,我最讨厌假慈悲那一套。

先生:那些钱不会到个人手里,政府拿去修路、赈灾,或者……

匪头:(打断先生)得了,谁都知道那是怎么一回事。(讽刺地)中央发一石,省里扣八斗,县、乡打六折,镇长、村长一点不剩全自留!

先生:哦？竟有这样的事？

匪头:别装得那么天真。可天下全都是这种事！

先生:那是贪官污吏们干的。

匪头:行啦！我这个人,总是看到真金白银才安心。先生,我给您交代一下,只要在规定时间内,把规定的钱数交齐,您就可以回书局继续干您的要紧事了。

先生:你这个"双规",对我不公平,我不认识你,也没有做过伤害你的事。我的钱都是交过各种税的,是干净钱。

匪头:我做的也是干净买卖。您在我这儿受委屈了吗？没有。小日本的飞机时来时往,住在这的人,离乡的离乡,逃难的逃难,您在我这能有这待遇您就烧高香吧！要是闷得慌,您还可以听听音乐。这是针对您这样一个文化人量身打造的一桩文明的绑架案。但是对待有些人,钱挣得不干净,我会用另外的方式对待他。您听！（指一下导演）

【一阵惨叫声（由导演完成）。

匪头：我的弟兄们刚刚剪掉一个房地产大亨的耳朵,咔嚓！

先生(惊跳起来):你们怎么可以这样,怎么可以动用私刑！

匪头:要是不见点儿血,哪个土豪乡绅肯痛痛快快地交钱？绑架案还能叫绑架案吗？

先生：简直不可理喻，你们这是在作孽！

匪头：谁说不是呢。现在您明白了，我们都是一些讨人嫌的贱人、坏东西。平时，走在大街上，您是不会正眼看我们这号人的。我们是穷鬼、泥腿子、下流胚，跟您不是同类。

先生：你错了，我有我的道德观，我自己也是小老百姓，我们是平等的，我不觉得做一个安分守己的百姓有什么不好！

匪头：世界上压根儿就没有平等这回事。老爷子，咱们还是谈实质问题吧，您是个出书的大商人，商人不会为了钱不要命的，对不对？

先生：简直荒唐！

匪头（讽刺地）：嘿……你他妈的……（把脏话强行忍回去）你以为你是谁？（停顿）告诉你，到了我这儿，你就是一张——肉——票！

先生：肉票？

匪头：对了，肉票！（语速快起来）现在，我来给您讲讲我们这行的规矩！（冲导演——念！）

导演：对于一个肯合作的肉票，我们是绅士；对于那些不合作的，我们就是刽子手！要是一切顺当，什么都好说，要是不顺当，我们就"剪票"，剁他的手，挖他的眼，剪他的命根，括弧，专指男性，给他放血。

要是"剪票"还无效，我们就"撕票"！

匪头："撕票"懂吧？（做杀头动作）撕票是绑架案的一部分，也是行业规矩。我是个规矩人，一向按规矩办事！

先生（愤怒地）：你这是强盗的规矩，强盗的逻辑！简直是荒唐透顶！

匪头（口气缓和下来）：好，好，您终于生起气来了，这才对头，这才是一个人的正常反应。

先生：我本来是不生气的，可你们做的事实在是……令人发指！

匪头（来回踱步）：人活着，重要的是要有远见。我遇到过一个绝顶聪明的人。人家在平常日子，早早给自己准备了一笔赎金，被绑之后，立马给家人写信，告诉他们那笔钱搁在哪儿。交出钱之后，就完事大吉了。我认为这是一个非常识时务、非常有远见的聪明人。

先生：听你的意思，好像绑架成了一桩再正当不过的事。你想过没有？你们这么做，对你们所谓的"肉票"和他的家人来说是一场灾难，一场悲剧！

匪头：唔，您说的对极了，我们就是吃悲剧饭的。人人都得有口饭吃，对不对？

男演员：对极了！我们也是混口饭吃！这年头，事事有排行，行行有榜单：音乐有风云榜，演员有片酬榜，富豪有胡润榜……做官的要是不小心露了富，什么表哥、房姐、皮带叔,那更值得绑。你的名字要是上不了"绑单",那就不是一件体面事,说明你还不够成功。可惜我们都是陪绑的!我当演员七年了,什么榜也没上去!(朝观众)其实我们这行就是吃悲剧这碗饭的,有人编排故事,有人装疯卖傻,有人卖票,有人撕票,为的是使出全身招数吸引大伙儿进剧场看我们演戏。我们卖力表演,为的是赢得观众最喜爱的演员奖(就首都剧场大厅里那儿的四台机器,你们都知道吧)。观众踊跃,票房飘红,制作人高兴,大家收入就有着落。话说回来,观众为什么要到戏院来看戏呀?这还用问?戏剧学院老师早就教啦,说剧院就是教堂,看戏就是回故乡。

女演员:别逗了!看戏是为了找乐!哎,导演,你管不管啊?他就为了上那什么观众最喜爱的排行,就这么抡圆了给自己加戏!

导演:你让他发挥。咱看看观众什么反应。

女演员:那要都这样,我也会!(朝男演员)咱从念信那段开始接一遍!(马上进入匪头的角色)好了先生……很遗憾,把您带到这儿来。后天就是中秋节了,中秋节是团圆节,饭桌上要是没有您,你们全家都会难过的。(指了指桌上的纸笔)呶,摇摇笔杆儿,给家里写封信,这个您拿手。(伸出三根手指头)记住喽,三十万大洋!

【先生沉默,慢慢拿起笔来,音乐衬托,是导演兼效果在摆弄唱片机。

【先生写家信。写罢,以屈原式传统表演状,高声朗诵。

【女演员一拐一拐地脱掉戏服,露出女子真容。

先生:以我的资格,竟成"票友",实在令人惊异。票价三十万,也远出意料之外。我既被道上朋友相中,结果如何,只能听天由命。我在此间待遇尚好,你们无须惊慌。临纸感慨,口占一绝:"老来无端充票友,世事如棋信多难。人言此是绿林客,我当饥民一例看。"

女演员:(可用京剧韵白)还作上诗了!这年头,你要是个穷光蛋,你要是够胆儿,你也一定会跑到山上来,不是作诗,是绑人!

【女演员独自起舞,忘我,妩媚。

【导演游走,思考状。

【诵完舞罢,导演打断:"好!"

导演:(半思忖着)不是不可以……虽然让观众出了戏,但是我们物尽其用了呀!(发觉口误)不不,是人尽其能……女演员有舞蹈基础,那也算是演出亮点之一呀!(索性朝观众)我们呢,是民营剧团,缺资金缺平台缺人手,我们的戏剧理想就是能到人艺的实验剧场去演出,可是人艺审查严格呀,演出要求要有文化内涵,要有艺术品位,嘿,可遇不可求的,找到这么个有意思有文化气息的本子,这剧本原型写的是商务印书馆的创始人张元济先生真实的一段传奇经历,当然了,编剧有自己的构思和创造,人物关系搭建得也很有戏剧冲突,特别是有民国范儿,那时代的文化名人层出不穷,鲁迅、胡适、赵元任;小曼、徽音、凌叔华……

女演员:等会儿!怎么一到女名人这儿,您就这么亲切呢?

导演:才女嘛,数量少,物以稀为贵,人之常情。况且,尊重女性的程度,标志着社会文明的高度……这也体现着一种文化……

女演员:那您也尊重尊重我呗!我一如花似玉的姑娘,您非让我反串演绑匪,说到哪儿也不占理呀!您刚才也说了,民国年代对那些有成就受尊敬的女性都尊称先生,我这气质,怎么就不能演"先生"呢?我理所当然应该演先生啊!

导演:倒也不妨一试……

男演员:导演,您倒底有准主意没有啊?这台词我好不容易快脱本了,您又来大掉个儿!

女演员:好演员既要背自己的词,也要背对手的词儿!这样上场才能随机应变,应对突发状况!

男演员:我看这戏最难应付的就是公母不分,我都快性别错乱了!

导演:万事皆有可能,我决定了,试一把,(朝女演员)你演先生,(朝男演员)你演绑匪,从现在起继续往下接词儿——

【从此,男女角色对调,开始往下演。

女先生:(如了愿,很卖力地做英气逼人状)对我来说,上了"绑单",那才是不体面的事。

【男匪头突然走到女先生身边。

【女先生警惕。

女先生:你要干什么?你敢非礼?!

男演员:(跳出)小样儿!真把自己当朵花啦?

【男演员摘下女演员一只耳环,女演员摘下另一只捧上。

男匪头:我要把它给您家人看看,好让他们相信您在我手里。下回我要给他们看的,就该是您的一根手指头、一个眼珠子了,最好别有下回!

【匪头转身摇了一下留声机。

【留声机里的歌声大起来:"……闻奴的声音落花荫,这景色撩人欲醉,不觉来到百花亭……"

匪头:人言此是绿林客,我当饥民一例看。(仰脸大笑)哈哈,真是好诗!好诗!

先生:如今这世界,竟然成了绑匪的天下!什么世道!

【导演按了下铃。

【光收。

第二幕

【幕启时,女先生端坐桌前,闭着眼睛,正行"香道"。

【男匪头手里拿着一卷报纸,观众可以看出报纸里卷着一把斧头。

【匪头大声咳嗽了一声,先生睁开眼睛。

男匪头:昨晚睡得怎么样?

【女先生不语,沉浸在半香道半气功的吐纳意境中。

【先生走到舞台中央。

匪头:您在干什么?

女先生:念经。

匪头:什么经?

先生:《般若波罗蜜多心经》。

匪头:菠萝蜜？爱吃甜的？

先生:不是吃的。

匪头:那是什么？

先生:也可以说是吃的。

匪头:跟您开个玩笑,《心经》我懂一点。"观自在菩萨行深般若波罗蜜多时,照见五蕴皆空,度一切苦厄。"对不对？

先生:不错。

匪头(故作认真地):您念过《般若波罗蜜多官经》没有？

先生:《般若波罗蜜多官经》？闻所未闻。

匪头:小的班门弄斧,念给您听:

始作俑皇帝行深般若波罗蜜多时,照见五官皆匪,度一切迷津。众爱卿,官不异匪,匪不异官,官即是匪,匪即是官,兵痞商学亦复如是。

先生:你这段话很特别,有点意思。

匪头(把斧头拍在桌子上,提高了声音):先生,您家里人不肯出我说的那个数目,您有什么高见？

先生:他们没有这笔钱,自然拿不出来,拿得出来,反倒奇怪了。

匪头:那您说,现在我该怎么办？

先生(指着桌子上的斧头)：按你们的规矩办，剁掉我的一根手指头，或者挖掉我的一只眼球，寄到我家里去。

匪头(笑)：哈哈哈，真是个可敬可爱的先生。和您家人的谈判正在进行，我在这儿和您一起等消息。

先生：你们这只是在浪费时间。

匪头：我的时间就是用来浪费的。很抱歉，我烦着您了。像我这样的人，原本不配跟您说话，你们是精英。您只是碍于情势，不得不跟我说话，是不是？

先生：不，我很喜欢谈天，我很愿意跟有意思的人谈些有意思的事。

匪头：你干脆直接说，不喜欢跟我这样的俗人聊天就得了，我能理解。——您平时起床后都干点啥？念经？

先生：不。平时，我起床以后，喝茶，吃点心，校勘几行古书。

匪头：听上去真不赖。我记得您上回讲了什么是校勘，可惜我没听懂……

先生：校勘就是补正文字上的种种错误，校出古书中字、句或内容上的异同，使人们获得较为可靠的接近于原稿的本子。简单说呢，就是把书里的错处找出来，改正，免得以讹传讹，有点像……捉虫子。

匪头：书本上也有错吗？

先生：有，有很多错。

匪头：早些年，我家里有地种的时候，这个时辰，就该下地干活了。（摇头）你们这些人根本不用种地，就能挣钱，就能吃上饭，我真是不明白。

先生：读书人干的活，像耕田一样重要。打比方说，要是没有各种发明，比如电灯、电话、汽车、铁路，人们的生活不会像现在这么便利。

匪头：您说的这些东西我一样也没有。我现在连家都没了，我们家的地，被地产商征去盖高尔夫球场了。那时候，我还是个小孩子。他们开着汽车，带着家伙来到我家，对我爹说，老东西，限你们三天，赶紧从这儿滚蛋。我爹有名字，他们管他叫"老东西"，我爹有脚，他们让他"滚蛋"。后来，他们就在我们家的祖宅上，盖起了高尔夫球场。有钱人都喜欢去打高尔夫。您喜欢吗？

先生：我没有那么多闲工夫。我宁愿在书里捉虫子。

【匪头掏出腰里的手枪，蹲在地上，开始擦枪。

匪头：我爹是一个胆小怕事的良民。老宅子被强占的当天晚上，他就咽气了。我靠趴小学校的窗户根儿识了几个字，勉强看得懂报纸。这世界上的事，钱说了算，枪说了算。您说，是不是这个理儿？

先生：你的话有一些道理，没有谁生下来就是强盗。

匪头:嘿,您这么说,好像做强盗有什么不对头,我可不这么想。我喜欢干这行,喜欢看人家向我求饶。(站起身,把枪重新别在腰里,拿起报纸,走到先生身边,拍着报纸)这上面全是绑架案。昨天一天,发生了三起,一个是大丰银行的总经理,一个是杭州首富,另外一个就是您。今天,又不知道谁会中彩。

先生:哼,你们居然把这叫作中彩!

匪头:是啊,中彩。绑架是一桩好买卖。这种事,富人不喜欢,穷人却像看戏一样,喜欢得不得了。老实说,您要是一个富人,就得开得起玩笑,乐意提供点倒霉事儿,让穷哥们儿笑一笑。

先生:到处是绑架案,警察都干什么去了?

匪头:警察?哈,警察是我们的好兄弟。要是没有几个警察朋友,这买卖还怎么做?(突然怪笑起来)您瞧,您瞧这段儿,目击者说,警察是这么对付杭州首富的(一边念,一边对着先生模拟现场动作)他们朝他的肚子上打了一拳,他一猫腰,他们就把他……(凑近先生)这个字念什么?

先生:塞。

匪头:他们就把他塞进汽车,在外人看来,就像是他自己钻进了汽车。目击者就是个警察。哈哈,哈哈哈!

先生(讽刺地):观察得真细致,真是个好样儿的警察。

匪头(好不容易止住笑):警察和我一样,都挺会挑时候。明天就是八月节,一个诗人的节日。在这么个日子口儿,请一些有头有脸的大人物做客,正好应景。中秋之夜,赏月观灯,我们这行里也不缺诗人,您说是不是?

先生:这只是你的看法。

【先生起身,走向楼梯口,月光倾泻,对月思忖,背起手来。

匪头(看着先生的背影,突然把报纸往桌子上一拍,大声地):嘿,你!把手放下!

【先生没有理睬。

匪头(失控地):你他妈的把手给老子放下!

先生(停住脚步,平静):你到底要干什么?

匪头(暴怒,拔出枪,指着先生):快把手给我放下!你这么背着手对我不吉利!还背对着我!

先生:你你行的规矩还涉及风水学?

匪头:我是不想让人把我两只手捆住!

先生:这么说,你也知道害怕?

匪头(歇斯底里地):快把手给老子放下!放下!

【匪头用枪口对着先生,先生背着手,站立不动。

【尖利的效果声。

【匪头把子弹上了膛。

匪头：你耳朵聋啦？赶快把手给我放下！

【先生缓缓地走回去，在太师椅上坐下。

匪头：气死我了！真要气死我了！（站住不动，像是突然听到了什么，表情十分痛苦）这是什么声音？该死的！我又听到那个声音了，是老鼠！是一只疯老鼠在吱吱乱叫！

先生：什么声音也没有。你这是神经过敏，是幻听。

匪头（捂着脑袋转圈）：又来了！我身体里永远有一只疯老鼠在叫，吱吱叫个不停！

先生：你平静一点，平静下来就好了。

匪头：住嘴！我总是听到这个该死的声音！我两眼冒火！我控制不住！他奶奶的！

先生：我请你注意你的言辞，你这么说话，可不大好听。

匪头（一手捂着头，一手持枪指着先生）：我顶看不上你们这种人，你们坐在那儿，什么也不干，摇摇笔杆扯扯淡就把钱挣了！我明白地告诉你，明天要是再拿不到钱，你就得死！我这也是为民除害！读书人跟当官的一样，都他妈的是一路货！捉虫子？我看该捉的是你们，你们都是害人虫！

先生：你可以把我当成一枚肉票，可以"剪票"，可以"撕票",但你不能侮辱我。

匪头:侮辱?我一直对你以礼相待!我见多了你们这号有钱人,都是他妈的软骨头,平时目中无人,不可一世,一旦来到我的地盘,腿肚子比谁都软!我看够了你们这号人!(捂住脑袋转圈)别叫了,别叫了,他妈的别叫了!

先生:我劝你还是平静一点,这么激动对身体没有好处。

匪头(狂乱地):我不需要什么好处!这只该死的老鼠,打从娘胎里就跟上了我,死也不肯离开我这个脏窝、穷窝!(伸出双手)看看这双手!你们文人都有些什么好词儿打比方来着?

先生:指若削葱,柔若无骨。

匪头:说得美极了!可你看看我的手——一双流浪汉的手!我从小就是个穷光蛋,我从来没有洗过澡,我从小就为自己的脏手脏脸脏指甲脸红!我们全家拼死拼活干一年,连个指甲刀都买不起!我的指甲永远不干净!

先生:每个人都有过不公正的遭遇。你不能因为遭受了不公正,就用另外的不公正来报复。

匪头(厉声地):谁是第一个不公正的人呢?谁又在加剧这种不公正?你们这些识字的老爷,老子要是不用枪顶着你的脑门儿把你绑到这儿来,我连跟你说话的机会都没有！我们永远被你们踩在脚底下！

先生：并不是所有的人都像你说的那样,任何时候都有人在和不公正抗争。(指着地库门)恕我直言,你的视野还不如这扇关着的门洞大！

匪头：我已经看到了我想看的！从我生下来,一直是你们给这个世界定规矩，可不守规矩的恰恰是你们,你们根本不管我们这些穷人的死活！你们赏一口饭给我们吃,跟喂骡子、喂马、喂牲口一个样,只想让我们做更多的苦力,给你们赚更多的钱,供你们享乐！你们把自己圈在城里,你们在防谁？你们在防我们这些穷鬼！老子就是要铲除你们的篱笆,推倒你们的高墙！绑你们的票！撕你们的票！

先生：这的确是一个糟糕的世界,可绑票算什么？以恶治恶？敲诈勒索、绑票抢劫只能使这个世界变得更坏更糟……

匪头(挥舞着手枪,冲房顶开了一枪)：闭上你的鸟嘴吧！我从一落草,就被你们这些当官的、有钱的人绑架了！你们用看不见的手段剪票、撕票！你们的刀子更锋利、更隐秘、更可怕！(捂着头)他妈的,别叫了,别叫了！

先生：你先坐下来,让心静一静。

【先生把匪头安置在太师椅上,做了几个香道动作(类似气功也可以)。

【匪头像被控制了一样,情绪渐渐平静下来。

匪头(语气缓和下来):对不起了,先生,我把您吓着了。唉,我不该吓唬我的财神。

先生:现在,我倒真希望自己是个财神!

匪头:实在对不起,刚才我在气头上。怪我没给您交代清楚。我们吃的是卖命的饭,干的是死里求生的勾当,所以言语上有不少忌讳。我们从来不说"谢谢",是怕被人"大卸八块";我们从来不说"包子",是担心被"包围";我们从来不背着手走路,是怕被捆绑,被官府抓住。——我说了这么多不该说的话,呸!呸!呸!

先生(口气尽量和缓地):你很清楚,干这一行是不会有好结果的,我劝你还是及时收手吧,悬崖勒马从来都不嫌太晚。

匪头:这意思我懂,搬起石头,砸自己的脚,对不对?可我们同时也砸阔人们的脚。我们要是不搬起石头,就只配给你们这些阔人磕头了。(思谋了一会儿,讲道理地)不瞒您说,我老家村子里有三百户人家,家家穿不上裤子,揭不开锅。您说,这种情况下,我该做点什么?

先生:你是聪明人,用不着我来告诉你做什么。要我说,诚实劳动永远是值得尊敬的。

匪头:劳动果实被抢走时也要一声不吭吗?先拿

枪的不是我们,先开枪的也不是我们。(咳嗽)我宁可拿着枪被人打死,宁可让人把脑袋挂到城门上,也不愿意过被人欺负的穷日子,苦日子。

先生:你仔细想一想就会知道,你如今做的事,却是在伤害无辜、助纣为虐。

匪头:哼,跟官府的剃刀比起来,我们不过是一把梳子。先生,我问您,要是牛群里有一头牛受了伤跑不动了,您知道别的牛会怎么样?

先生(想了想):说不好。

匪头:它们只能围着它流泪,因为他们没有手。我们这号穷人,要是没有枪,就是一群没有手的牛。

【静场。

先生(在椅子上坐下来,正视着匪头,诚恳地):我有一个想法,想跟你好好谈一谈。我是一个读书人,出身于耕读之家,虽然做了不少年出版生意,可并没你们想象的那么有钱。如果你肯送我回去,我愿意设法筹集一笔款子,资助你和你的弟兄做一点正当生意。

匪头(看了看先生,讽刺地):心眼儿真好——哼,我他妈可用不着谁来施舍……

先生:这不是什么施舍。我只是想尽我所能帮你们找一个正经营生,希望你和你的弟兄们,过上正常人的日子。另一方面,我也很愿意交你这个绿林朋友。

匪头(讽刺地):您歇了吧!您以为我会信这一套?

先生:你很可以相信我,我说话从来都是算数的。

匪头:哼,你们这号人,从来都是好话说尽,坏事做绝。你就是说下大天来,我也不会相信。

先生:我怎么做,你才肯相信我?

匪头(倦怠地):你怎么做,我都不会相信。除非……

先生:除非什么?

匪头(斜睨了先生一眼):除非你把你的手剁下来……

【先生顿了一下,站起身,慢慢抓起了桌子上的斧头。

匪头(观察着先生):你要干什么?

先生(平静地):我可不可以剁掉我的左手?

匪头:什么意思?

先生:留下我的右手好写字。

匪头(轻蔑又不可思议地):这种时候了还有心情矫情!你们这帮臭文人!

【先生把左手平摊在桌子上,举起斧头猛力砍下去。匪头见状,"噌"地一下蹿起来,迅疾跑过去,拽开先生的右胳膊,斧头"当"的一声砍在了桌子上。先生奋力再次去抓斧头。

　　匪头(大叫):嘿!他妈你有种,我信了,我他妈信了成不成?

　　【匪头推开先生,从桌子上拔下斧头,扔在地上。先生被推了个趔趄。

　　匪头(指着先生,手指乱颤):剁手?这可不像一个吃斋念经的人干的事儿!

　　先生(依然平静地):只要你能相信我,我剁掉一只手也没有什么。

　　匪头:嘿,你还真敢剁!我明白告诉你,你就是剁掉两只手也没用!我他妈的什么都不相信……

　　先生:剁不剁是我的事,信不信是你的事。

　　匪头(咳嗽):咳,咳……您这脾气,倒挺适合干我们这一行……

　　先生:勇气并不是你们绿林好汉的专属。

　　【匪头剧烈咳嗽起来。

　　先生(平静了一下自己,摇了摇头):你的咳嗽加重了。

　　匪头(又是一阵剧烈的咳嗽):咳……咳嗽总比听老鼠叫好受一些……都是您!惹得我肝火上升……

　　先生:我粗通些医道,也许可以给你看一看。

　　匪头:你少……少拿我开玩笑!

先生：我没有跟你开玩笑。

匪头：我们这种人，从……（咳嗽）从来没有看过医生。我们他妈的有病就扛着。

先生：请把你的手给我。

【匪头又好气又好笑地摇了摇头，赌气走到先生对面，坐下，把手伸了出来。

【先生为匪头诊脉。

匪头：怎么样？我还能不能凑合活到明天？

先生：你是虚火上浮，气血不调。我给你开个药方。要是信得过我，你可以吃几服药试一试。

【先生提笔在一张纸上开药方，匪头凑在先生身边看。先生把写完的药方递给匪头。

匪头（看药方）：这最后一味药是什么？（突然乐不可支）桂花叶一枚？哈哈哈！笑死我了，桂花叶也能治病吗？

先生：这是一点点诗意，一点点祛邪安神的诗意。

【匪头又笑了一阵，一边笑一边摇头。匪头好不容易止住笑，然后反身走到台中，一枝桂花垂下。

匪头：啊，我闻到桂花的香味了。诗意，哈哈，药方里的诗意，绑架案里的诗意。

先生：不要拿自己的身体开玩笑。你对付得了我，未必对付得了身体上的病。

匪头(看着药方):您最好在药方里再加一根金条,我的病马上就好。

先生:那是为什么?

匪头:因为我得的是穷病。哈哈!不过,我喜欢你这个药方。(抬腕看表)请原谅,我不能陪您了。跟您家人谈判的弟兄该回来了,希望他们带回来的都是好消息。

【匪头上台阶,想起什么,返身。

匪头:先生,这药方里怎么没有砒霜啥的?药里头我就认识砒霜。

先生(大声,讽刺地):有。这几服药加在一起,沸水熬好了,就是砒霜!

匪头(满意地点点头):嗯,好!好!这下我放心了!我就喜欢砒霜!这药说什么我也得喝它几服!——桂花叶一枚?哈哈!真有意思!

【匪头提着斧头,上楼梯,哼着小调,关门声。

【空袭警报声起。暗转。

第三幕

【幕启时,先生静静站着。

【匪头胳膊底下夹着一卷报纸上。匪头一边走,一边发出惊奇的赞叹声:"嘿!嘿!嘿!"一声比一声高。

匪头:先生,我给您请安来了!

【先生一动不动,也没有说话。

匪头(把报纸扔到桌子上,自顾自地在太师椅上坐下):我睡了一个好觉,做了个好梦,梦见了酒和大洋。可是,梦里的酒能喝吗?梦里的大洋能花吗?谁也甭想骗我,在梦里头也不行。

【先生回过身来,看着匪头。

匪头:对不起,昨天我跟您发了脾气。

先生:脾气是你自己的,你发也可,不发也可,悉听尊便。

匪头：这么说是真生气了？您气色不大好。

先生：请你告诉我，我到底什么时候可以走？

匪头：这事取决于您的家人和朋友。

先生：不，这事取决于你和你们。

匪头：我已经把赎金降到了两万块大洋。三十万到两万，另外那二十八万是您的出诊费。我喝了您开的"砒霜"，不那么咳嗽了。您听（故意使劲清嗓子，并没有引起咳嗽），我这腔子里舒服多了。您开的是名副其实的"千金方"！

先生：我开药方是从来不收费的。

匪头：真没想到，您还有这么一手。

先生：不为良相，即为良医。这是历代读书人的传统。很惭愧，我只懂一点点皮毛。

匪头：可良相和良医，这俩东西谁也不挨谁呀！

先生：这两个职业都是活人的！人生在世，谁都希望自己对别人能有一点点好处。

匪头：我听出来了，您这是在骂我！

先生：我倒希望我的话有那么一两句能说到你的心里去。

匪头：先生，您倒是说说看，同样是读书人，为什么有些人一做官就变坏？

先生：我回答不了你的问题。我只知道，一个人不管是做官,还是种田,都应该守住自己的本分!

匪头:哈哈,守住自己的本分? 真要那样,天下就太平了! ——我跟您通报一下眼下的情况。您的赎金,您女儿已经送来了一万,还剩下一半。这也是最后的价钱!

先生:我家里人拿不出这笔钱,你让他们怎么办?

匪头:那是他们的事。要是明天早晨拿不到这笔钱,您可别怪我不客气,规矩就是规矩!

先生:你用不着总跟我重复这件事。

匪头:哈,终于摆起架子来了! 好得很! 有一件事,我想请教您一下。

先生:哼,不胜荣幸。

匪头:我很奇怪,您贵为公司董事,贵公司竟不肯出钱救您一命,这是怎么个道理?

先生:严禁公款私用,这是我们编委会和董事局全体定下的规矩。

匪头:连人命关天的事都不能通融?

先生:这件事需要所有董事会成员都在场,才能定夺。我是董事会成员,我不在场,自然形不成决议。

匪头:哈,哈,真是一帮可笑的书呆子! 我很想见识见识您的公司。您说,像我这号人,能不能到您的公司谋个差事?

先生:我一个人说了不算,用人的事也需要董事会决定。

匪头:那您肯不肯推荐我?

先生:当然不。

匪头:为什么?

先生:除非你发誓,不再干这种肮脏的勾当,除非你真心为你做过的事忏悔,真心向被你伤害过的人道歉。

匪头(牙疼似的吸气):嘀!嘀!嘀!您可真有种!我可以随便处置您,您倒好,跟我提出这么多要求,还不肯推荐我进您的公司!

先生:你的确可以随便处置我。我不会为了我的命向你乞求,也不会为了保自己的命坏了规矩。有一点你说得不错,规矩就是规矩。

匪头:先生,您是一个疯子!

先生:你可以这么说。

匪头:老实跟您说吧,眼下官府正在和我谈判。他们看中了我的人马和枪,干完这一票,我就要到城里去做官了。到时候,我们也许有机会在宴会上见面。啊,一想到要去城里做官,我脑袋里的疯老鼠立刻不叫了,敢情它也想做官。

先生:这么说,你是要接受政府收编了?

匪头(掩饰不住地笑):是啊!不过我得换一个名

字。在官家报纸上,我早就死了。几个月前,他们抓住了另外一个人,对外宣布那个人是我。

先生:哈,哈,哈!真是有趣得很!

匪头:老子也要尝尝做官的滋味。等官府发了粮饷,发了武器,枪把子攥在我的手里,我做官做得舒服就做,做得不舒服就把弟兄们往外一拉,重新上山,照样儿干起来。

先生:既然你初心不改,何必要接受政府的收编?

匪头:没有好处我当然不会干。实话说吧,我们这种出身的人收编次数越多,身价就越高,就有可能做更大的官。当然啦,为了防止万一,我的一部分兄弟会接着在山上干下去,这样,我们彼此之间也好有个照应。

先生:想得可真周到。可真是一桩好买卖!

匪头:做官是天底下最好的买卖,官瘾是天底下最大的瘾。他妈的,这一点,谁也蒙不了谁。

【外面突然传来一阵儿童的欢呼笑闹声。

匪头:啊,这是我们的孩子要念书了。明知道他们念了书,会变成混蛋,我也希望他们多念一点书,将来做一个有钱的混蛋,体面的混蛋。

【儿童读书声:

学生入校。先生曰:"汝来何事?"学生曰:"奉父母之命,来此读书。"先生曰:"善。人不读书,不能成人。"

园中花,先后开,桃花红,李花白,桂花黄,菊有多种,颜色不同……

【音乐衬托孩童天真的童音。

先生(小声吟咏):园中花,先后开,桃花红,李花白,桂花黄,菊有多种,颜色不同……

匪头(突然想起了什么):这些识字课本,是不是您编的?

先生:不是我一个人的功劳。我只是编者之一。

匪头:你们声称要教孩子们"成人",读了你们的书,他们能成什么人?

先生:说句夸口的话,我希望他们能成为新人,成为国家的合格公民,自尊自爱,自强自立,遵守法度,恪守规矩。

匪头:哼,这个调调,听起来可真不错。要是真能这样,老子也就不必上山做贼了。

先生:我到底什么时候可以回家?

匪头(不耐烦地):又来了!等你女儿把另一半钱送到,我保证,立刻放人!

先生(顿了一下):我希望你能认真考虑一下我昨天提出的建议。

匪头:您是说,让我先放了您?

先生:我可以给你们打一个欠条,立一个字据。

匪头:您就死了这份心吧!我们这一行是一锤子买卖,概不赊欠!——照您的话说,(讽刺地)这是我们历代绑票人的传统,也是我们绑委会和董事局全体立下的规矩!

先生:我用我的人格和性命担保,我答应的事情一定会办到。

匪头(生气地提高了声音):你别以为你给我开了个好药方,我就得领你的情!什么人格,什么性命,统统没用!——你治得了我的病,可你治不了我的穷命!

【先生突然捂住胸口,看样子很难受。

先生:对不起,我想出去走走。

匪头:您说什么?

先生:我说,我想出去走一走。

匪头:不行。

先生:不行是什么意思?

匪头:就是不能,不允许。

先生:我只是想出去透口气。

匪头:我说过了,不能,不允许。你只要在这里待一天,就只能待在这个小屋里,一步也不能离开。

先生(平静地):我透不过气来。我只是想出去走一走,喘口气。

匪头:我说了不行,就是不行!

先生(停了一下,突然提高了声音):听着,我只是想出去走一走,喘——口——气!

【说着话,先生径直向门口走去。

匪头(厉声地):嘿,还跟我犟上了!你要是非出不去不可,我马上挖出你的眼珠,剁掉你写字的右手!——喘气?别以为喘气那么简单,他妈的,喘气也必须付出代价!

【先生大步走到门口,伸手去拉房门。匪头拐着腿几乎是跳着跑到门口,抢先一步,堵在门口。

【先生和匪头两个人脸对脸僵持在门口。

匪头(突然高声咒骂):狗娘养的!

【匪头重重打了先生一巴掌。

【先生捂住脸,痛苦地倒在地上。

【儿童们的读书声再度响起:

天初晚,月光明。窗前远望,月在东方。

天初晚,月光明。窗前远望,月在东方……

【先生一动不动蜷卧在地上,灯光渐渐转暗,可看出俩演员较劲。

女演员:你真抽啊?疼死我了!

男演员:对不起入戏了!给你揉揉啊宝贝儿……

女演员:我不干了!回头演个戏再毁了容……导

演！我不干了！

男演员：你先别嚷，咱俩再换回来还不成？眼看着戏都快公演了，你这叫小不忍则乱大谋！妇人之见！听我的！咱俩现在就换过来！

【刚才的场景重复，女演员演的匪头一巴掌把男先生打倒在地。

【暗场。

男演员：真使劲啊？

女演员：该！

第四幕

【光起。男先生一个人趴在上一场被打倒的地方。先生头发散乱,形容憔悴。

【导演按了一下铃。

男先生(整理了一下撕破的衣衫,平静地):该回家了。是时候了,我该回家了。(突然侧着耳朵倾听)这是什么声音?——是老鼠,老鼠的叫声。嗳,嗳,我也听到疯老鼠的叫声了。(停顿)几天前的这个时候,我还效仿鸵鸟的样子待在书局里,头埋在古纸堆里,两耳不闻窗外事,可一眨眼的工夫,就被绑到这间小小的野蛮的囚室,成了一个待宰的肉票。嗳,嗳,肉票。我这个老肉票的气力已经耗尽了,站不住了。(趔趄了一下,站定,环顾四周)这一切,就像一个梦,一个荒唐的梦,可又不是个梦。没有书本,没有阳光,没有自由空气的世界,还成一个什么世界?嗳,嗳,我累了,连做一个肉票的力气都没有了。我该回家了。

【导演手里提着一坛花雕酒,一拐一拐上。

导演扮演的匪头:过节了,先生!今天真是一个好日子!我要跟您这位大人物痛痛快快地喝一杯!

【匪头把酒放在桌子上,启开酒瓶,倒了两碗酒。

先生:我算什么大人物!

匪头:报纸上都说了,我给您念念啊!

【匪头从桌上拿起报纸。

匪头:前清"朝"林……

先生:翰林。

匪头:前清翰林被绑,这两个字(指给先生)……

先生:戊戌。

匪头:"戊戌君子成肉票""出版巨子落难""教科书之父生死不明"。这些居然都是说您一个人的,真是失敬得很!兄弟我今儿才知道您是一位鼎鼎有名的大人物!

先生:不,我只是一个疯子。

匪头:报纸上说,您在大清国做过翰、翰、翰林,百日维新失败后,您差点儿跟谭嗣同一块儿掉了脑袋,后来您离开朝廷,办学堂,开书局,现行的识字课本全都出自您的手里。他们说的是不是真的?

先生:大致不错。

匪头:报纸上还说,做翰林的时候,有一阵子,您是皇上身边的近臣。

先生:那是三十多年前的事了。那个时候,国家正面临三千年以来最大的变局,皇帝也想改革,也想给大清国找一条富民强国的出路。

匪头:您在皇上身边做什么?

先生:戊戌年,我30岁,在总理衙门做一名章京,皇上让我给他推荐书目,找一些他想看的书。

匪头:这么说,您是皇帝的师父了?

先生:不,我不过是个奴才。在有皇上的时代,人人都是奴才。

匪头:后来呢?

先生:后来,老佛爷动了威怒,把主张维新的人砍头的砍头,革职的革职。那些天,我就在家里等着朝廷的捕快。

匪头:伴君如伴虎,看来这话不错。他们到家里抓您了没有?

先生:没有。后来老佛爷下了懿旨,我被革职,永不录用。

匪头:这么说,您捡了一条命。再后来呢?

先生:再后来,我成了无业游民。之后,受聘在一所学校教书,几年后跟几个志同道合的朋友合伙开办了书局,出版字典、识字课本和各种书籍,做了一个民间出版人。

匪头(指着报纸):奇怪的是,前些年大清国给您复职,您却拒绝出来做官。

先生:那件事之后,我发誓永不为官。

匪头:我是经人推荐才找上您的,我们只知道您是一个大财主。现在我知道您这个人,本来能成为一个更大的人物,可您却卖上了书,成了个书贩子!您为什么不在仕途上继续混一混?您说,如果您现在是个镇长、县长,谁敢绑您呢?——嘿,我都替您着急!

先生:普及常识,教孩子们读书识字,也是一种功德。

匪头:狗屁功德!我见识过很多读书人,他们很有学问,可同时也是一群口是心非的害人虫。他们说出来的话,印出来的字,全都是谎言,全都是胡扯淡!

先生:老话说,十年树木,百年树人。启蒙、教育之功,利在百年,并不在一朝一夕。

匪头:您是想用这套酸腐的腔调点化我吗?算了吧。利在百年?我可活不了那么久。我只管眼前活得痛快!

先生:我谁也点化不了,我自己也是一个糊涂人,活了大半辈子,一事无成。

【匪头突然想到了什么,把太师椅搬到舞台中央,装模作样地坐下。匪头向先生钩钩手指,意识先生近前来。先生站着不动。

先生:你这是要干什么?

匪头:皇帝轮流做,今年到我家。(敲着太师椅扶手)现在,这就是龙椅。来呀,大清国的翰林,让咱——让朕也过一把做皇上的瘾。

先生:哼,这种把戏,你还是跟你手下的弟兄们玩儿吧。

匪头:他们怎么成?我就是要跟您这真正的朝廷翰、翰……翰林玩儿一玩儿!

先生:我恐怕要让你失望了。我在前清做过官不假,可我本人对帝王将相那一套充满了厌恶。

匪头:不过就是玩玩儿!您何必当真呢?对我们这些穷人来说,谁当皇帝,有没有皇帝全他妈的一个样!

先生:对不起,我没这兴致。

匪头:老爷子,我不为难您,您只要喊我一声"皇上",像真正在金銮殿上一样,喊一声"吾皇万岁、万岁、万万岁"就得!

先生:皇上早已经逊位,这个世界上再也没有什么皇上了,"万岁、万岁、万万岁",全都是鬼话。

匪头:嘿,您现在是我的肉票!我想对您怎么样都可以!我现在就是您的皇上!您这辈子可没有少叫

"皇上",没少喊"吾皇万岁",您怎么就不能叫我一声,对我喊这么一嗓子?

先生:我要是照你说的做,相当于说粗话,相当于骂人。

【匪头生气地站起身来,走到先生身边。

匪头(大声地):今天我还非过上这个瘾不可!……要不然这么着,老爷子,您坐龙椅,您当皇上,我给您磕头,我喊您"万岁"成不成?!

先生:这根本就是一回事,我是不会配合你的。请原谅,我扫了你的兴。

匪头(急得抓耳挠腮):我求求您了老爷子,您就当我大烟瘾犯了,就当您再给我治一回病成不成?成不成?我自己坐龙椅,我自己给自己磕头,您只管站在这儿,用您这当过朝廷命官的眼睛帮我看着!帮我提个词儿!

先生(顿了一下,突然提高了声音):疯子!好,好!我倒要看看你怎么当这个皇上!过的到底是个什么瘾!

匪头(兴奋得直搓手):好嘞,上眼了您呐!

【匪头把先生摁坐在"龙椅"上,自己跑到对面,对着先生行叩头礼,努嘴,示意先生提词)。

先生:臣恭请皇上圣安。

匪头(大声地):臣恭请皇上圣安!

【匪头跑回来,把先生从"龙椅"上拉起,自己坐下。

匪头(眼睛看着下面"跪着的人"):朕问你(示意先生提词儿)……

先生:近来地方匪盗蜂起,可有此事?

匪头:朕问你,近来地方匪盗蜂蜂……蜂起,可有此事?

【匪头重又跑回"龙椅"前跪下,朝先生努嘴。

先生:确有此事。

匪头:确有此事!

先生:你是地方要员,怎可渎职?总要把百姓生计放在心上才是!

匪头:你是地方要员……嘿,忒麻烦,急死我了,我还是自己来吧!(迅速起身,跑回"龙椅"坐下,指着下面)呔,大胆奴才,有人说你在京城欺上瞒下,弄虚作假,在地方买官卖官,贪赃枉法,有没有这回事?(重新起身,跑到龙椅前跪下)臣不敢!臣冤枉!(跑回到龙椅坐下)还敢嘴硬!你的事朕都知道,你以为朕是瞎子、聋子吗?(重新跪下)臣知罪!臣以后再也不敢了!(跑回龙椅坐下,使劲一拍扶手)左右,快把这个王八蛋给朕拉出去砍了!(重又趴在地上,磕头)皇上饶命,奴才罪该万死!奴才给皇上带来了一个好物件儿,一件稀世珍宝!(重回龙椅,假装把玩"好物件儿")好！你小子知罪就好。嘿,还真是个好物件儿。念你是朝廷老臣,朕暂且饶你老小子一命。从今往后你要好好守规矩,不要忘了给朕进贡,多多地进贡!(朝先生努嘴)。

先生:你还要怎么样?

匪头:那个,让臣……奴才退下去怎么说来着?

先生:那么你还是先下去吧!

匪头(疑惑地):不是说"跪安"吗?

先生:随你怎么说!

匪头(大声地):滚滚滚,跪安吧!(重新跑下龙椅,跪地磕头)皇上圣明!吾皇万岁、万岁、万万岁!

【匪头踱回去,在太师椅上坐下。

【静场。

匪头(长出了一口气,慢慢恢复了常态,倨傲地):舒坦!让您见笑了先生。

先生:这的确很可笑。

匪头:这一点也不可笑。

先生:我们两个人说的未必是同一件事。

匪头:先生,您是做过官的人,您就是离开了官场,还是人上人。我也想做做官,我也想走在大街上让人害怕。

先生:做官可不是为了让人害怕。

【匪头端起一碗酒给先生。

匪头:(向先生举举碗,愉快地)喝一碗吧。这是女儿红,是我几年前自己酿的酒,喝自己酿的酒才有味道!

先生:谢谢,我不喝酒。

匪头(敏感地):您说什么?

先生(加重了语气,挑衅地正视着匪头,一字一顿地):我说,"谢谢"!我不喝酒。

匪头:您说"谢谢"?(好脾气地笑笑)好吧。谢谢!没关系,今天您想说什么就说什么,我不在乎了。

【匪头惬意地喝了一口酒。

匪头:您嫁闺女的时候,喝的是不是这种酒?

先生(背起手,缓步在舞台中央来回走着):也许是,也许不是,我早已经忘记了。

匪头(看了先生一眼,点点头,宽容地笑笑):好,好,今天您尽管背着手走路,我不在乎了。(又喝了一口酒,把一颗花生豆抛高,伸嘴接住)不是谁都有能力嫁女儿的。我有过一个姐姐,我爹死那年,我姐姐离家出走了,那年她十四岁。有人在城里夜总会看见过她。像我姐姐那样的穷姑娘,到城里去能干什么?人人都知道那是怎么一回事。打那以后,我们再也没有见过她。她也不再跟我们来往了。(举碗)来吧,咱爷儿俩喝一杯吧。这两天,我知道您不怎么好过。谁也不愿意当一个可怜的肉票。

先生(冷笑):哼,哼,肉票……肉票!

【匪头站起身,走到楼梯口,月光洒下。

匪头:啊,今儿晚上的月亮可真圆啊,是该阖家团圆了!(停顿)官府派来的人马上就到了,如果谈得拢,我就要金盆洗手了。先生,您怎么看?

先生:好得很! 真是出人意料的好!

匪头:要是一切进展顺利,我和我的弟兄们会编入警察局特别行动队。

先生(看着匪头,讽刺地):你身上的那只老鼠呢?那只"吱吱"怪叫的疯老鼠呢?它也要跟你一起进城去做官老爷吗?

匪头:老爷子,您这话说得可不怎么厚道。我身上哪儿来的老鼠?(顺次拍打自己的胳膊、腿、胸、背)这儿、这儿、这儿、这儿,还有这儿,藏得下一只老鼠吗? 真是笑话!

先生(凑近匪头,指着匪头的头):这里呢? 也许那只疯老鼠藏在这里了。(比画着)这里的大小、尺寸,正好住得下一只老鼠,一只"吱吱"怪叫的疯老鼠!

匪头:别在我眼前比画! 我看你是真疯了!

先生:你说得对,也许我早就疯了,从一生下来就疯了。

匪头(生气地):老家伙,你是不是觉得我不配到城里做官?

先生:不,你很有资格。(顿了一下,吟诵)始作俑皇帝行深般若波罗蜜多时,照见五官皆匪,度一切迷津。众爱卿,官不异匪,匪不异官,兵痞商学亦复如是!亦复如是!

匪头:什么他妈的《般若波罗蜜多官经》,那是一个读过书的坏东西胡诌的!

先生:胡诌?这不是普通的胡诌,这是一个伤心人的心里话!

匪头:老疯子!

【门外传来一个声音:老大,官府来人了!

匪头(大声地):就来!就来!老先生,你就等我消息吧!

先生(高声):去吧,快去做你的升官发财梦去吧!

【静场。

【桂花枝下。

先生:好浓郁的桂花香啊。(吟诵)不是人间种,疑从月中来。广寒香一点,吹得满山开。

【先生回转身,慢慢踱到桌子旁。

先生(端起酒碗):该回家了,喝下这碗酒,这碗女儿红,我就该回家了。(停顿)原本以为,打倒了皇帝,进入了民国,人们就都能过上有尊严的太平的日子。这是一个多么幼稚多么可笑的想法！国弱家贫，小日本也得寸进尺！我恨我这把老骨头，既做不到"沙场为国死，马革裹尸还"，也不能继续我的学问，校勘我的古籍……苟延残喘在这样的世界——官匪沆瀣，弱肉强食，盗匪横行，民不聊生。在这个荒唐的世界上，被皇帝砍头，还是被盗匪撕票，都是命，都是一种宿命。我已经年过六旬，义无再辱，义无再辱！（停顿）我的时间已经停止了，以一种可悲复又可笑的方式停止了。很好，很好，停在了一个，（举碗向月）一个难得的月圆之夜！

【女演员扮演的女儿上。

女儿：爸！爸爸！

【父女相见的程式化表演，模仿《茶馆》最后一幕的情境。

先生：家里边还好吧？

女儿：（含泪强忍地）好！您呢？他们没伤着您吗？

先生：你爸爸命硬……你回去帮我办一件重要的事情，去我书局，把我办公桌上正在校勘的《苏沈良方》拿回来……

女儿：爸，您的书局……让小日本给炸了，大火整整烧了三天三夜，什么都没留下……

【先生大恸，颓坐。

女儿：爸，您没事儿吧？只要您人好好的，其他都是身外之物,过眼云烟。

先生:是啊,也好! 没了好,没了干净! ……可知世上万般,好便是了,了便是好。若不了,便不好;若要好,须是了。

女儿:爸,你这样子看着吓人……

【一阵空袭警报声。

先生:(转而安慰)我没事,这里不是久留之地,你赶紧回家,照顾好妈妈,照顾好弟妹……路上小心,留神小日本的飞机……留神吉普车……

【女儿下。

【先生举起酒碗,一口气把酒喝完。

先生:外寇内贼! 外寇内贼啊! 对眼前这个荒唐、糜烂的世界,我还能说点儿什么做点什么呢?(摇头,沉痛地)嗳,嗳,抱歉,抱歉了各位,我已经老了,已经没有力气了,我已经没有力气再说什么做什么了! 结束吧,让这一切都快点结束,适时地结束吧!

【外面又一阵空袭警报传来,先生提高了声音——

再见了各位,再见了,我的老妻,我的孩子们……愿你们度过这漫漫长夜之后,能看到新一轮的日出,能看到一个新的太阳,一个不一样的太阳。而我,我这个死过多次,在这个荒唐世界上苟活了很多年的人,这一回是真的要走了。

【再一阵急促的飞机呼啸,先生拼尽力气,高声吟咏——

街鼓催人急,西山月已斜。满眼桂花落,今夜宿谁家!

【先生扬起手,将空碗掼在地上。

【先生穿戴整齐,拿起围巾,到处找横梁。

【先生笨拙地登上椅子,桂花枝探下,先生把围巾挂在上头。

先生:桂花的香气已经迎接我了!快到家了!就快到家了!

【先生下了最后的决心,把围巾套进脖颈。

【收光。

【黑暗中椅子倒下的声音和演员"哎哟"一声先后响起。

【匪头的声音:先生,老先生!

【光起。

【导演穿着一身崭新的民国警察制服,一瘸一拐上。

匪头(粗豪地):老先生,您得好好请我喝顿酒,我给您带来了好消息!您可以走了,可以回家了!

【发现倒在地上的先生,导演迸发出强烈得有些过分的表演激情。

【女演员自觉地扮演仙女散花,音乐起。

匪头:老先生,快醒醒!闻到桂花香味了吧!您是不会死的,我不允许您死。我可不想手里落下您这么一条人命!我承认,这次绑您,绑一个编写识字课本、一个给书捉虫子的人,是搞错了,我现在就正式给您道歉!——您这次当了我的肉票,这是我三生有幸!您让我见识了有骨气的人身上有那么股子劲儿!(摇晃先生)嘿!老爷子!使劲抽抽鼻子,闻闻这桂花的香味儿,尝一点这祛邪安神的诗意!这可是您自己开的药方!——老爷子!从现在起,我就是警察局特别行动队队长,您就是我解救的第一个被绑架的人质,我有责任保护您的生命和财产的安全,我还要靠您去领赏呢!——老先生,我已经彻底调查清楚了,您的确是个有钱人,可您把大部分钱全都捐出去了。您是一个好心眼儿的读书人,一个菩萨心肠的读书人,一个真正的慈善家!您不该死!连老佛爷都没有要您的命,我又怎么敢怎么能呢!——老爷子,醒醒,醒醒!噢,对了对了,您可别忘了,您还有一大堆书没有校、校勘完呢!我们的小崽子还都等着读您编写的识字课本,读您编写的国、国民教材呢!老先生,醒一醒,我这就送您走!我要亲自带队,带着我那些刚刚穿上警察制服的弟兄,立刻送您回府!送您——回——家!

【"仙女"的花瓣把先生盖起来了。

【儿童的读书声响起来:

园中花,先后开,桃花红,李花白,桂花黄。菊有多种,颜色不同……

园中花,先后开。桃花红,李花白,桂花黄。菊有多种,颜色不同……

【光渐收。

——全剧终

【话剧】

除夕
New year's Eve

吴彤

序幕

【钢琴曲。

【舞台正中的巨幕投影,手舞演员变换着优雅、灵动、曼妙的舞姿,如梦似幻。

【一个刺耳的刹车声令一切美好戛然而止。

【静场。

【收光。

【飞机腾空而起的巨大音效。

【光起。

(提示:舞美设计师可考虑在本剧的机场环境中,加入"传送带"的元素,演员表演时可以上下,既调节前后景,同时也有时间流逝之感。)

第一幕

时间：当代，2016年的农历大年三十
地点：机场
【舞台上设置了机场登机口附近的座椅三排。
【舞台高处平台的角落有机场咖啡厅的一角。
【落地玻璃窗外有天空云朵树冠点缀。
【机场广播：有乘坐"除夕1394"航班的旅客，请您前往30号登记口候机……
【周一亮已经坐在角落的座椅上等待，旁边是简单至极的行李。
【林凌上。七十岁左右的年纪，花白头发精心整理过，穿戴文雅，凸显知识分子气质。
【林凌两手空空，什么行李也没有，在机场这个规定情境中多少显得有些怪异。

【机场客运员大静注意到她。

林凌:请问,去黄陂的车几点开呀?

大静:您是问火车吗?这是机场。

林凌:机场?我怎么会在机场?错了错了!我要去黄陂……

【林凌慌忙转身,险些与张凤英撞个满怀。

大静:哎大妈,您别着急,我看看您的票……

【林凌下,大静追下。

【民工赵德福背着大包小包举着口罩追着妻子张凤英一前一后上,俩人都是唐山口音。

赵德福:媳妇儿,戴上!听话!

张凤英:像勒了个嚼子,喘不上气!憋死我了!要戴你戴!

赵德福:戴上戴上!今天空气又爆表了!我儿子受不了!

张凤英:把我憋死了,你儿子也活不成!

赵德福:科学懂不懂?那 2.5 比头发丝儿还细,逮哪儿钻哪儿,你肚子就那么大点地方,我儿子在里头没处躲也没处藏的,想想就憋屈!

张凤英:怀孕才两个月,你儿子还是我肚子里的一兜水儿呢!再说了,啥 2.5?我没见着,倒是你个二百五天天在我眼前晃悠,忒烦人!……哎妈,我小腿要抽筋儿,快给我揉揉!

【赵德福奉命蹲下身按摩。

赵德福：你现在不是一个人在战斗，不能任性，懂不懂？

张凤英：快别 BB 了！你买的是打折票吧，那咱得排头一个，晚了就得站着！

赵德福：你以为坐火车呢？上飞机那得听广播。

张凤英：你咋那么明白呢，你跟哪个女的坐过飞机啊？

赵德福：好男不和女斗，尤其不跟怀了孕的女的斗……

【唐冰戴着一个经过特别美化设计的类似"美狐狸"的面具口罩上。

【全康错开几步用手捂着话筒在打手机。

唐冰：老康，你又给谁打电话呢？别以为我不知道！（摘掉口罩）就你那宝贝儿子，活脱的一个催债鬼！我平时待他不薄吧？……你凭良心说，你说吃还是说穿，我哪样亏待过他？我有个后妈样吗？

全康：（应付着）是是，你天生的后妈样儿！

唐冰：（愠怒，正色）全康！把电话挂喽！我数一、二……

全康：（朝电话）一会儿爸爸给你打过去啊！（朝唐冰，讪讪地）挂上了，没商量，必须地……

唐冰：（取得阶段性胜利，得意地）你就说，咱俩过年去海南躲雾霾,他非闹着一起凑热闹,这不明摆着要破坏咱俩的二人世界吗?成,我豁出去这年不过了!我大年夜出走!嘿,这还没完没了的,左一电话右一电话地骚扰,他到底想干吗呀?准是你前老婆撺掇的!

全康:绝对电视剧看多了你!什么甄嬛啊,芈月啊,一天到晚掐来掐去的……(苦口婆心状)宫斗的弦儿别老绷那么紧!我前老婆有她后老公管着呢,已然自动从咱家退位了!从现在到以后……(咬了咬槽牙,索性)豁出去了——到永远!只要咱家我还在,江山就都你来坐!你不是打小就梦想当一家之主吗?放心!——I will dream it possible……(张靓颖的歌)

唐冰:哎哟这调儿跑的!您老人家省省吧!

全康:行,不爱听就不唱……咱还说你策划的这次除夕自由行,那绝对是意义深远哪,那就相当于巡视组"回头看",那震慑力,那铁腕儿手段,看苍蝇老虎们谁还敢造次!

唐冰:你前老婆就是老虎!造次的母老虎!就该关进笼子!

全康:娘娘息怒……你得相信你老公的政治觉悟——你老公我,市属文化协会的常务副会长……还兼"易经"民间研究会的秘书长,闹着玩的!

唐冰:歇了吧您!什么民间研究会,依我看是算命研究会!

全康:……代沟,不解释。

唐冰:咱还说你儿子!你说他一米七一半大小子,非跟在咱俩屁股后头……咱仨要是走在一起,你是想让我叫你老公呢,还是老公公啊?

全康:娘娘息怒,我这不正做工作吗?

【机场的广播背景声(其他航班的信息)。

唐冰:(撒娇地)老康!你说我年纪轻轻就跟了你,你得搁手心儿里捧着,放心尖儿上供着,你得一心一意好好待我……(娇嗔地)你到底懂不懂啊?

全康:懂,必须的!全方位服务!

唐冰:那你给我算算,我抹这个牌子的防晒霜还会不会晒黑啊?再有,算算海南晴几天阴几天,我去年买的游泳衣还穿得下穿不下,我还用得着减肥吗?

全康:冰冰,(指指自己的脑顶)看见没有?你老公都开始谢顶啦!提前谢顶因为什么知道吗?

唐冰:遗传!

全康:错!你以为大师的仙气儿取之不竭呀?那也是用一次少一次!你就说,咱俩从去年认识到今年结婚,我是算了你妈算你爸,算完了你叔算你舅,你得让我缓缓呀!没什么影响历史进程的大事儿最好不要惊动我!

唐冰:好好,那我减两样,你就算算,过了年我该干什么,不该干什么。

全康:该干的……就一条:别亏待自己!不过切记,身条不能再性感了,模样不能再漂亮了,心眼不能再活泛了!你就一门心思当我老婆就全齐了!

唐冰:这还用你算!那不该干的呢?

全康:不该干的你要特别地记清楚——不许给我戴绿帽子!

唐冰:那可真不是你能算得准的。

全康:放肆……但说无妨。

唐冰:生活就得千姿百态——要想生活过得去,不怕身上有点儿绿!

全康:怎么意思?

唐冰:老公别紧张啊,我呀,最多给你戴顶小红帽儿!

全康:那更瞎了!没看那苹果吗?绿大发了才变红呢!

唐冰:(不屑地)就您这心理素质!……真心劝你一句哈,从今儿往后直到永远,你给我断了打野食的念想,一天三顿外加夜宵早点,吃我的包伙全齐了!拜托您可千万别舍不得啊,老娘我全天候!

全康:你这也太猛了……都说三十如狼四十如虎,你还没到岁数呢!

唐冰:年轻,火力壮,不许啊?

【二人说着坐下。

【笨笨跑上。冯教授随后。

笨笨:爷爷,30号登机口!(环顾)林奶奶不在呀……

冯教授:怪我怪我!不该让她去卫生间,一不留神就找不着人了!

笨笨:去广播寻人吧!

冯教授:对对,还是你脑瓜转得快!

【俩人焦急下。

【马薇坐轮椅上,昊南半推半跟着。

马薇:(愠怒地)你怎么事先不打招呼就跟着来了?还有没有最基本的尊重啊!

昊南:我不是不放心嘛!

马薇:我要办一件重要的事儿,而且必须单独面对。

昊南:你办你的,就当我是保镖,招之即来,挥之即去。

马薇:昊南,你我一块儿出门那就是一对儿麻烦!

昊南:马薇,这可不像你说的话!

马薇:我已经掉泥坑了,就别再赔上另一个了。

昊南:你认输了?

马薇:我就是想看看我自己到底行不行!

昊南:我知道你行——再加上我,那就是绝对行!

马薇:我需要的爱,必须给我足够的空间!

昊南:巴莱多定律:在任何一组东西中,最重要的只占其中一小部分,其余尽管是多数,却是次要的。

马薇:几个意思啊?

昊南:选择的时候,有所侧重!就这意思!

马薇:(自语)那是我一个人的天涯海角……你不懂……

昊南:我懂!你想一个人待着的时候,我肯定回避!

马薇:(摇头,平静而坚定)没人懂,谁都不会懂……

【广播:现在广播找人,请乘坐除夕1394航班的旅客林凌女士到30号登机口,您的亲人在那里等您……

【罗苏与秦然都戴着墨镜,各自拉着行李箱分别上,对暗号般互相审视。

罗苏:(辨认着秦然的行李箱)紫色、POLO手提箱,型号20寸……天堂鸟对吧?

秦然:棕色公文包,包龄10年以上。你是地狱门?

罗苏：暗号正确。

秦然：（拿出手机对着罗苏对比头像）验明正身。你的头像和真人一点不沾边儿！

罗苏：小儿科——网上说的你也信？那边儿坐吧。

【两个人找座位落座。

【冯教授领着林凌上场，笨笨随后。

冯教授：小凌子，你看这是老人专用手机，万一找不到我，按一下绿色键就能和我说话。放你左边兜里了，记住了？

林凌：我记得很清楚！154次，从北京到武汉的火车，下了车再转长途，开三个小时才能到黄陂哪……

冯教授：小凌子，咱们不去黄陂，咱们也不坐火车，我带你坐飞机去海南！

林凌：海南？那黄陂呢？

冯教授：咱们去海南过年！海南可暖和啦，树叶都是绿的，花儿开得可香啦！

林凌：花儿……那儿有花儿啊？

冯教授：到处都是！一片花海。

林凌：有花好啊……粉红色的花，（比画着）这么一大捧，真好看哪……

笨笨：林奶奶，我爷爷给您送过花吗？

林凌：你爷爷是谁呀？

【停顿。冯教授和林凌面面相觑。

【机场广播:北京去往三亚的航班因天气原因暂时不能起飞,请您继续等候,对于由此给您造成的不便我们深表歉意。

唐冰:(大声)真倒霉,怎么那么不顺啊!海南那边的烛光晚餐我都订好了!

全康:老婆咱不急啊!老皱眉头容易老!放心!我算准了,咱能去成!少安毋躁!咱去喝咖啡!

【唐冰和全康下。

周一亮:(突然拍拍屁股站起来,自言自语地)世界潮流,浩浩荡荡,顺之者昌,逆之者亡,我等凡人,井底之蛙,妄自尊大……人人都以为能做自己的主……老天爷,让您见笑啦!

【周一亮说着拉开架势,开始打坐。

赵德福:晚点晚点,再晚一点才好呢!

张凤英:(突然弄明白了,慌张地)哎,咱们等错地方了!咱们是要回唐山!这是去海南的!

赵德福:我们就是去海南!

张凤英:你糊涂啦?咱家在唐山!家里都等着咱们回去发年货呢!

赵德福:(生气地)发什么发?我们又不欠他们的!

张凤英:过年不回家发年货你要干吗呀?

赵德福:我还没有挣够钱!我们不回家,我要带着你去海南挣大钱!

张凤英:你个财迷脑壳!我才不跟你去呢!我在外面累了一年,我要回家过年!把票给我!

赵德福:你要干什么?

张凤英:我要回家!

赵德福:你个傻媳妇儿!你真以为这首都机场有飞唐山的飞机啊?

张凤英:(气急)好你个赵德福!你敢糊弄我!你不让我回家我就跟你离婚!

赵德福:你先不要嚷,你现在是有身孕的人!我跟你说……我们现在是有家也回不去啦!

【张凤英从气愤转而惊恐,愣愣地盯着赵德福。

张凤英:你犯啥事儿了?杀人……还是抢劫呀?

赵德福:你可是我亲媳妇儿,咋就盼着我坐牢呢?你外头是不是有人了……

张凤英:少废话!没犯事你干吗不敢回家呀?怕警察在家等你啊?

赵德福:比那厉害!都是讨债的!

张凤英:你欠谁钱啦?

赵德福:我是欠你们家的钱!

张凤英:我们家?

赵德福:一到过年你那个家里都是不消停!三姑

六姨小舅子大侄女,结婚的结婚,生孩子的生孩子,这一大家子就咱俩囫囵个儿混到了大城市,一过年全都红着眼睛等着咱俩回去发红包呢!你辈儿又大,人家一叫奶奶,我就得给红包!叫一声奶奶,我就赔出去一红包!就那个小你3岁的大孙子,那是真孙子!还等着我这个爷爷回去给他带iPad呢!

张凤英:(气急)还iPad?我看你是找挨拍!你说这怨谁啊!我爸一来电话,你就跟他吹牛,说我跟了你就算进了庙啦!整天供着,吃香的喝辣的,一翻裤兜掉出来的全是钱!

赵德福:钢镚儿不是钱?

张凤英:你这么糊弄我爸你亏心不亏心?我倒贴着给你当媳妇还不算,这过年连家都不能回!不跟你离婚还等什么?

赵德福:怎么又提离婚呐!我赵德福一大活人不能让尿憋死不是?谁规定的年就一个过法?今年过年咱就不回去了,咱就来个胜利大逃亡!敌人在东,我们往西,着急的是他们!潇洒的是咱们!我不蒙你,这三十儿晚上飞海南的机票比回唐山的火车票还便宜!我刚才托运行李的时候听说,咱这叫红眼儿航班。

张凤英:啥叫红眼儿航班?

赵德福:就是人家看咱们都眼儿红了!好日子别

人过得,我们也过得!有钱人能到那儿去吃海天盛宴,咱就能到那儿去卖驴肉火烧!

张凤英:那海南……能有驴啊?

赵德福:咱找供货商啊!天上龙肉,地上驴肉,高蛋白,低脂肪,有钱人就好这口儿!听我的没错!

周一亮:(一直打坐,突然自语)节假日焦虑!无一幸免!

【机场广播的声音。

林凌:这儿怎么这么热啊?!

冯教授:小凌子,别逗能啦!小心受风,把嘴吹歪喽!

林凌:去黄陂的车什么时候开啊?

冯教授:跟着我你还不踏实呀?放心,我不会丢下你一个人的……

【乐声渐起。

【林凌进入自己的主观世界。

林凌:一个人……我一直都是一个人!一个人打个背包就上了火车!离家一千多公里,我不怕,一个人就到了黄陂……下了火车还要走段山路,再过一条小河……那水可清亮啦,水边的漫坡上一片一片地开着野花,说不出来的香味儿……你还说要背我过河,其实那水才没脚脖子!谁还不知道你存的什么心!

冯教授:我存的是私心!我还想把你抱过去呢!

林凌:(略带羞涩)你这张嘴,最会甜和人了!

笨笨:林奶奶,您又流口水了!您是馋了想吃什么东西吧?

冯教授:(凄楚地)奶奶不是馋了,奶奶老了!(哄着林凌)小凌子,咱们玩个游戏好不好?

【冯教授耐心为林凌擦拭着口水。

【罗苏和秦然低声交谈。

秦然:家里人都安顿好了?

罗苏:还什么家里人!我现在就是孤家寡人了。

秦然:我这么做,是不是太不道德了?

罗苏:这日子口没人顾得上道德。

秦然:都说救人一命胜造七级浮屠……我这不是造孽吗?

罗苏:你是在救人!你救了我了知道吗?你是大善人。别拧巴了!银行卡我都带身上了,路上的费用都由我负担,这你不用跟我客气。

秦然:感觉怎么样?

罗苏:无债一身轻。

秦然:真想开了?

罗苏:你还纠结哪?

秦然:说不清楚。

【唐冰和全康从咖啡厅出来。

唐冰:你别老讲虚的呀,联系实际说说!

全康：(谈兴甚浓)大师之所以是大师，就在于他的融会贯通。你得把相书易经、星座血型、量子物理、神佛道仙——全都消化了装脑子里，跟揉面似的搅和到一块儿，再让它们发酵，去粗取精，去伪存真，之后就是无往而不胜……

唐冰：先别喷这些虚的，你看看那俩人（指罗苏），神神鬼鬼的，你先给那男的算，完了我过去跟他套磁，看你算得准不准！

全康：无聊！

唐冰：现在就是无聊时间——飞机晚点了，春晚开始了，吃不美也喝不爽，不无聊还等什么？

全康：幼稚！

【古琴声。(可以理解为机场的背景乐)

冯教授：(背诵)沿对革，异对同，白叟对黄童……

林凌：江风对海雾，牧子对渔翁。

笨笨：林奶奶威武！一比一。

昊南：(似自语)一阴一阳谓之道……

马薇：(似自语)一树一花谓之禅……

冯教授：秦对赵，越对吴，钓客对耕夫。

林凌：秋霜多过雁，夜月有啼乌。

笨笨：二比二，平局！

昊南：(自语)结中等缘，享下等福……

马薇：(自语)一别两宽，各生欢喜……

周一亮:(伸了个懒腰,嘟囔)看破放下,自在平常。

【古琴声渐收。

唐冰:得,碰上一群砸场子的!

全康:这帮人有毛病吧?

唐冰:没毛病谁大年三十往机场跑啊?

全康:这可是你说的啊!后悔了现在咱就回家!

唐冰:(狡辩)我说的是有正常家庭的人!咱俩算吗?

全康:这话我就不爱听!虽说你比我儿子大不了几岁吧,可你是我明媒正娶的大老婆,怎么就不正常啦?

唐冰:颜值不匹配,懂吗?就我这长相,混演艺圈玩儿似的,这你不否认吧?赏心悦目是吧?

【全康连连点头称是。

唐冰:可凭什么我如花似玉一大姑娘,头婚就得当后妈呀?不提还则罢了,一提我这气就不打一处来……

全康:(一把拉住唐冰)淡定!咱们的既定目标是——免税店!

唐冰:(显然奏效,但又要稍微绷着)糖衣炮弹!

全康:(很有把握地)百发百中!

【全康伸出臂弯,唐冰果然顺从地挽住全康的胳膊,二人下。

【赵德福还在给张凤英做工作。

张凤英:……你少来！我不听！

赵德福:你就当我带你去旅游了！顺道呼吸新鲜空气！我听人家说,海南那儿遍地都是钱,还怕没活儿干？有钱不挣,那就是缺心眼儿！

张凤英:我看你就是缺心眼儿！为了躲人情,自己去卖苦力不算,还非要拉我去当垫背的！

赵德福:我们就当是又旅游又过年又挣钱,我们到那儿一天一顿海天盛宴,挣了钱就花光！挣了钱就花光！我们也要痛快痛快！

张凤英:(被说动心了)非求着我去也中,我不干活,我要当白富美,你养活我！

赵德福:好说好说！我天天给你做驴肉火烧,保准管够！

【昊南的盲人读屏软件发出高频率的刺耳声音。

【周一亮起身凑过来。

周一亮:帅哥,能饶了我耳朵吗？

昊南:你耳朵哪那么娇气？

周一亮:这整个一快进的录音带！"啾啾"的,听着像鸟语！你能听得清楚？

昊南:习惯成自然。这是我的"触须"！相当于猫的胡子,狗的鼻子,蜗牛的触角……

马薇:那是读屏软件。(朝昊南)里面说什么呢? 让我们也听听?

昊南:正常语速给你放一遍啊,学着点儿。

【速读器发出正常播音员的声音。

【男声播音:由于人类基因中携带的"自私""贪婪"的遗传密码,人类对于地球的掠夺日益无度,人类赖以生存的资源正消耗殆尽。如果这种现象不能得到有效遏止,人类终将自食其果,和自己亲手毁灭的地球同归于尽。

周一亮:我们人类有那么不堪吗? 你不也是人类吗?

昊南:我是被命运"格外照顾"的特殊人类!……你们知道吗,人类的大脑细胞和宇宙的构造惊人相似,以此类推,说不定宇宙也是一个细胞……那么再次以此推论,外星人几乎是肯定无疑地存在了! 也许,人类就是外星人的试验品呢……

周一亮:呵呵领教了!(打开手机录音键,自语)除夕不在家待着的,都是奇葩! 典型人物,典型环境,很好很好!

昊南:上帝的规则是,先给痛苦,后给出路。

马薇:那魔鬼呢?

昊南:制造麻烦,然后将其合理化……

马薇:我是遇到假扮成魔鬼的上帝了!

昊南:思路决定出路,眼界决定境界。

马薇:谁总结的? 到位!

【周一亮回到自己的角落。

【时钟嘀嗒。

秦然:这么做,不犯法吗?

罗苏:这个世界的法对你还重要吗?

秦然:我不想当杀人犯。

罗苏:你是天使! 我求之不得的天使!

秦然:心里乱极了。

罗苏:听我的! 我们都是成年人,而且智商都不低,这个事情要办就必须专业化,确保成功率!

秦然:我查过,跳楼,成功率最高。

罗苏:跳楼不雅,容易伤及无辜,而且还是一技术活,必须确保头部着地才万无一失,万一风向风速发生变化,身体不能垂直坠落就会发生偏差。万一落到空调机、仙人掌、铁丝网这些缓冲物上面,那才叫求死不能,痛不欲生!

秦然:你说的投水也不靠谱! 溺水同样死相不堪,而且窒息时间长,清醒挣扎的时间也长,太折磨人。

罗苏:割腕怎么样?

秦然:看刀口的深度和角度,也是技术活,万一失败救过来,成为植物人的可能性高达95%!

罗苏:那可真白忙活了,还拖累家人!

秦然:要不,还是安眠药吧!

罗苏:不行!这个我最初就排除了!你以为真会睡过去吗?错!这种方法最难受!胃部刺激会引发呕吐,而且神经同时受到麻痹,你想给自己再补一刀吧,可那会儿根本就动不了!特别被动,绝对不行!

秦然:唉,"上天无门"说的就是咱们这档子吧?

【唐冰和全康溜达上。

全康:阿弥陀佛!善哉善哉!

唐冰:怎么意思?

全康:冰冰,你看前面那两个人,戾气很重,尤其是那男的,命宫狭窄,运程起伏,一生清高,命比纸薄。再看他眉尾上方的福德宫,尖削无肉,总是劳多获少。若是赌博,必是输多赢少。再看他眼尾朝下,必是求死的命。

唐冰:那么惨?

全康:你再看他上眼睑,狭窄而凹陷,做买卖极易吃亏,山根上部有痣,则以牢狱之灾应验哪!

唐冰:那咱躲他远点儿吧!哎……你是不是瞎编哪?

全康:过来我跟你细说……

【唐冰和全康坐下。

【时钟嘀嗒。

秦然:我知道了!氰化钾!听着耳熟吧?杀人灭

口之必备良药!

罗苏:拜托!那得是有级别的人才有的特权!剧毒药品随便就能到你手里?

秦然:死都死了,还分三六九等?

罗苏:你以为呢?

秦然:没劲了!之前我老想着死的"好",没仔细想死不成的没劲!

罗苏:别打岔,干大事思路必须专注,还有什么办法再想想。

秦然:(没好气)电击!

罗苏:(认真地)不妥。万一没死成,瘫痪的可能性几乎百分百,而且,最有可能烧伤生殖器官……

秦然:怎么老想着活下来的事儿啊?你到底想死还是想活?

罗苏:(高声、失态地)我的原则从来就没动摇过,既然活不痛快,死,必须痛快!(停顿)为什么这么安静?

【古琴声。

冯教授:道曰今生,佛说来世。

林凌:不畏将来,不念过往。

【静默少顷。

赵德福:说什么黑话?

周一亮:度人,解惑!(朝冯教授)老先生,您研究老庄?

冯教授:我教了一辈子中国哲学!

笨笨:(背诵腔)朝闻道,夕死可……

冯教授:父母在,不远游……

林凌:德不孤,必有邻……

冯教授:见贤思齐,见不贤而内自省……

昊南:你们大家,都在听吗?

张凤英:我怎么觉得,这小伙子后脑勺长着眼睛呢?

【马薇的掌上电脑不小心掉到了地上,她撑着轮椅想去够,昊南站起来,听着声音绕过去,帮马薇捡起掌上电脑。

昊南:你的宝贝没摔坏吧?

马薇:但愿没有,谢谢。

【张凤英看出了昊南的异常。

张凤英:帅哥,你眼睛是不是……

昊南:我看不见。

张凤英:可我怎么看你……不像啊?

昊南:怎么才叫"像"啊?是不是带一墨镜,拿一盲杖,走路哆哆嗦嗦就像了?我的腿又没毛病,走路快着呢!盲人也不都一个模子刻出来的,也有个性爱好,七情六欲。

张凤英:帅哥,我不会说话,你别在意!我是想说,你长得真不赖,这美女忒有福了。

赵德福:你俩结伴出门可真合适!他就是你的腿,你就是他的眼。

昊南:就这么设计的。(朝马薇)听见群众呼声了吧?

马薇:谁难受谁知道!

【唐冰伸个懒腰站了起来。

唐冰:哎哟玩会儿牌吧,时间过得还快点儿!我带着呢。

全康:凑够人手就玩。

唐冰:(向罗苏)帅哥,闲着也是闲着,凑个手玩两把?

罗苏:游戏人间?……杀人游戏怎么样?四警四匪。

唐冰:谁怕谁呀?可我上哪儿给你找那么多人去呀?咱凑合着三警三匪,先支上摊儿。

秦然:我不会。

罗苏:我教你。潇洒人生不留遗憾,没玩过的——玩!没造过的——造!没出过格的——出!没越过界的——越!

唐冰:哎哟哥哥您这是跟谁较劲啊?

【罗苏邪火攻心,溜达到赵德福面前。

罗苏:跟自己,跟我自己!

赵德福:(被罗苏吓了一跳)我不玩,我脑子不够使。

张凤英:猪脑!不锻炼,总有一天猪撞墙上,你撞猪上!

【大静走了过来,赵德福拉着张凤英冲上去。

赵德福:空姐来了,快上飞机!

大静:各位乘客,非常抱歉!本次航班因为天气原因继续延误。今天是除夕,我们为您准备了免费晚餐,一会儿请听通知用餐,谢谢您对我们工作的理解和支持!

【大家有的点头表示理解,有的抱怨。

全康:(掐算着)哎呀今天是忌出行,我该早有预料啊!

罗苏:到底飞得了飞不了啊?你们耽误我大事儿了知道吗?

大静:实在抱歉,飞得了飞不了这得看天气情况而定……

秦然:(劝慰地)估计那边儿也满员了,让你再等等!

罗苏:死活都是不耐烦!

全康:既来之则安之。好吧,我吃素!

大静:好的。各位还有什么要求尽管提。

赵德福:哦……饭管够是吧?

大静:对,每人一份,主食不限量。

赵德福:那就好,那就好,我早就饿了!

秦然:我没胃口。

罗苏:你又错了!真英雄最后一顿都大吃特吃!你就说被杀头的大文人金圣叹,临刑前跟刽子手还切磋厨艺,大发宏论,说——花生米与豆腐同嚼,可以吃出肉味!这是什么气魄?

秦然:我吃不了,剩着也浪费,(朝众人)我那份儿谁帮我吃了吧?

赵德福:我帮你吃!

张凤英:你够了!

赵德福:我吃得了,不能浪费!

张凤英:(朝秦然)大姐,你们是旅游还是回家?

秦然/罗苏:(异口同声)回家,旅游!

秦然/罗苏:(异口同声)旅游,回家!

【众人一脸疑惑。

【机场广播:各位乘客,由北京飞往三亚的除夕1394航班因为天气原因取消飞行,我们为大家安排了酒店休息,谢谢您对我们工作的理解和支持。

【众人炸窝,一片嘈杂声。

秦然:啊?不飞啦?

唐冰:哎,老康,这么大的事儿你怎么漏算了呀?

全康:抗干扰的能力还得练!

张凤英:(朝丈夫)猪脑!都赖你!不飞了,咋办?

赵德福:不飞啦?哈哈!简直是天降"横"福!忒好了!忒好了!

张凤英:你这猪脑进泔水了吧?

赵德福:(情绪激动地)——我们走不了,他们就要让我们睡大酒店,我们不用花钱就可以睡大酒店!睡了还不算,他们还要管我们饭吃,一天三顿!我们这机票买得忒值了!

大静:各位请带好行李跟我上机场大巴,回酒店休息、用餐,大家还有什么要求请直接跟我说。

赵德福:媳妇儿,赶紧着,我们住大酒店去喽!

【赵德福欢快地带头离开,众人渐渐散去。

昊南:我就一个要求,我俩的房间能不能挨着?

大静:真不好意思,只剩一个房间了!

马薇:那不行。

昊南:没关系。你睡床,我打地铺。

马薇:男女授受不亲。

昊南:反正我也看不见,有贼心也是干着急!

马薇:你说什么呢?

昊南:要不前半夜你睡,后半夜我睡,反正我也是夜猫子。

冯教授:本来我是想带着孙子和他林奶奶一起守岁的,要不然,按男女分,我们和小伙子一屋,林奶奶和这姑娘一屋……

　　大静:(解围地)其实今天是除夕,大家分头守岁不正好吗?!

　　昊南:我没意见。

　　【马薇不置可否。

　　【周一亮慢悠悠凑过来。

　　周一亮:不表态就相当于默认,同居快乐啊!

　　马薇:(白了周一眼)那叫守岁!

　　昊南:(朝周一亮)别挑事儿啊,这姑奶奶可不好哄……

　　马薇:谁哄谁还不一定呢!

　　周一亮:OK,怎么说都OK!唉,人生而自由,却无处不在枷锁之中……一念之差,念念都差……

　　【说罢下。

　　大静:谁还有问题?

　　张凤英:(突然冲过来)我有问题!我不飞了!我要退票!

　　【光渐收。

第二幕

第一场

时间:当天晚上。

地点:机场附近的酒店。

【全康的房间。

【电视里春晚的音效。

【唐冰穿着泳衣在老公面前晃悠。

唐冰:还真不错,去年的泳衣真穿进去了!(模仿选美比赛,扭摆着腰肢做姿势展示曲线)7号选手唐冰现在进行泳装展示,请评委亮分!

【全康假装没看到。

唐冰:快点儿亮分哪!

全康:对不起,你面前的评委暂时失明,要想打分,必须用手摸!

唐冰:讨厌!(勾住全康的脖子)

全康:零分!

唐冰:为什么?

全康:你用色相勾引评委。本评委决定取消你的比赛资格!直接红牌罚下,罚你给评委当一辈子老婆!

唐冰:好你个"叫兽"!

全康:特崇拜我吧?

唐冰:我说的是"衣冠禽兽"的兽!

【全康佯装嗔怪,夫妻打趣。

唐冰:哎,说正经的,你一说失明,我倒想起跟咱一块儿候机那小伙子了,不仔细看真不知道他是盲人!长得特像《欢乐颂》里那赵医生……

全康:你还以为又遇见一帅哥呢,是不是?

唐冰:这你也吃醋?老康,你是真累心!

全康:何止是累心啊!老婆……今儿可是除夕,咱俩必须好好交交心!

唐冰:又交心?你不怕闹心啊?!

【全康手机又响,唐冰不悦。

【全康背身避开唐冰接电话:"哎,儿子……"

【光区变化。

【赵德福房间。

【赵德福四仰八叉地躺在床上。

【电视里播放着春晚小品。

【张凤英从卫生间出来。

赵德福：媳妇儿，你睁眼好好看看！我就是要让你住这样的房子！我赵德福这辈子也能住上这样的房子！

张凤英：咱们今天真就住这儿啦？

赵德福：不住白不住！你还要退票，你撞猪上了?!

张凤英：我就是想看看这红眼儿机票到底多少钱一张！

赵德福：就值这屋里的半张床钱！咱赚大发啦！

张凤英：老公你也忒会算计了！

赵德福：媳妇儿，过来，陪我感受感受这大床房！

张凤英：哎妈！这大床可真软和！

赵德福：人家还给咱们开了夫妻房！快去给我放澡水！今晚我要和你好好过个年！

张凤英：我要先看春晚！

赵德福：我要先过年！

张凤英：我要看春晚！

【光区变化。

【代表时间流逝的声音。

【变光,罗苏的房间。

罗苏:日本有个电影,叫《入殓师》,是专为死者整理仪容的一个工种,我总觉得那样的死才是得到了尊重的死。

秦然:所以你找了我?

罗苏:我们都对现世感到无趣,才从四面八方聚集到互联网,我们是志同道合的一帮人,这没错吧?

秦然:我们是单方面相信早死早托生的一帮人。

罗苏:物质不灭,这是一定的。至于托生不托生,看修为,看造化。

秦然:刚我看见坐轮椅的那对儿,心里挺不是滋味。

罗苏:你说老出怪声的那个?

秦然:那是盲人专用的读屏软件。再怎么着,咱们也比他们幸运吧!世界那么大,我们能看,他们只能"听",不比不知道,我们比他们先天优越太多。

罗苏:(下了判断)你有留恋!你对这个世界有大留恋!

秦然:你可能真找错人了,我帮不了你。(僵持的沉默)

罗苏:(软弱地)算我求你!

【收光。

【抒情音乐起。

【光区变化。

【笨笨和冯教授上。

笨笨:爷爷,林奶奶为什么没成我奶奶啊?

教授:历史遗留问题,当然,我也有责任……

笨笨:听我爸说,我奶奶去世前想见林奶奶一面。

教授:提过,可一个在美国,一个在中国,千山万水,已经隔开太远啦!

笨笨:那您这次找到她了,要带她回美国吗?

教授:不走了!她在哪儿,哪儿就是家。

【林凌出现。

林凌:到了!黄陂到了!还是那座山,还是那片水……他怎么没来接我啊?我们说好了的,他跟我从来不撒谎……

笨笨:爷爷!林奶奶在这儿呢。

冯教授:(哄孩子的口吻)小凌子,别着急啊,明天,咱们就能看见花了!一大片花海!跟咱们大学校园里的一模一样……

林凌:(兀自地)你还记得吗?咱们就是在那一片花海下照的毕业照……那天晚上,下了自习课,你还约我出来谈心呢。咱俩约好了,等分配了工作,安定下来就结婚……

冯教授:我当然记得……

笨笨：爷爷，后来您变心啦？

冯教授：（略显尴尬）后来……这不我又变回来了吗……

林凌：不怨他……他是个好人……

【光区变化。

【昊南推着轮椅，帮马薇做力量训练，马薇应付着双手平举、侧举、后举。

昊南：1234、2234……不许偷懒……

马薇：刚在酒店游完泳，胳膊累得慌。

昊南：这就是我佩服你的地方！一个女孩子，那么有毅力！

马薇：小时候练功，一练仨小时，别人看着乏味，每天就是把杆、勾脚背、压胯、踢腿，一哒哒，二哒哒……可我就觉得那几个小时特别舒服，一心一意就只想这一件事儿……

昊南：专注干一件事的时候特别充实，我也有这种体会。

马薇：心里边干净，没有杂念……可这种感觉对于现在的我，基本就是奢求！

昊南：让我帮你吧！你试试！

马薇：（掩饰地岔开话题）推我回房间吧，我想静静心。

昊南:飞机延误,你的约会怎么办?

马薇:只有祈祷,午夜十二点,水晶鞋和马车都会出现。

昊南:真够神秘的,约会的时候我能在场吗?

马薇:必须——

昊南:好嘞……

马薇:回避!

昊南:伤……自尊了。

马薇:过了午夜,我会告诉你一切!

昊南:等待判决最难熬了。

马薇:真男人都具备两种素质——

昊南:什么?

马薇:笃行,慎言。

昊南:求你用更高的标准要求我!

马薇:你这超强的心理素质是怎么练出来的?教教我!

昊南:认命!但不从命!

马薇:(思忖少顷)牛人!我觉得比哲学家说的还好!

昊南:约会的时候……我能旁听吗?

马薇:我知道你一直想猜出这个谜语,但是我从一开始就跟你说清楚了,这真是一次私密约会,你行行好,别再逼我了成吗……

昊南：决不勉强！咱们接着练——1234,2234……

【昊南推着马薇下。

【光区变化

【秦然和罗苏的光区。

【时间的声音。

秦然：我还是陪你去看病吧，我俩一起治。两个人扛，总好过一个人捱。

罗苏：我不去，我又不是精神病。

秦然：回去吧，抑郁症多数可以治愈，只要坚持。

罗苏：回去继续那种生活？想想我就绝望！现在多刺激，连私奔带自我了断，哥们我一勺烩了！

秦然：你这是抗抑郁的药物反应，你并不真想死。真想死的都脆生都爽快，就像三毛，就像张国荣，不吭一声，死就死了！

罗苏：跟这些前辈比，我认怂！最后那一下……总是下不去手，所以我才求你啊！

秦然：可我不想当杀人犯！

罗苏：遗书我早写好了，不会连累你！本来想走得远远的，死个干净彻底，现在，也管不了那么多了！

秦然：（沉默片刻）那你……到底想怎么死？

罗苏：挑来挑去，还是听你的，电击！据说只要电流击中心脏，很快，死相也好。

秦然:死都死了,还管什么相不相的!

罗苏:完美主义,强迫症,死不改悔。你看我下载了电路图,通过浴室的电吹风、浴缸就能成事儿……

秦然:(回避)看不懂,我连正负极都分不清楚……

罗苏:(想发作又忍了)行!你就这么笨下去也能直接要我命!你就都听我的吧!

【光区变化。

【昊南、马薇的房间。

【马薇在涂抹唇膏。

昊南:大半夜的你化妆干吗?

马薇:(平静地)要你管!

昊南:今天是不是有一对男女,总是神神秘秘的?

马薇:我知道你说的是戴墨镜的那对儿!

昊南:戴不戴墨镜我看不到,可我知道就是住咱们隔壁那对儿。

马薇:你是说他们不是夫妻?

昊南:什么关系我不知道,就感觉那气场,听上去怪怪的。

马薇:说说看?

昊南:说不清——风声雨声读书声,声声入耳,今天晚上,耳朵都机灵着点儿!

马薇:听什么?

昊南:生活的一万零一种滋味!

马薇:用耳朵尝滋味?你没事儿吧?

昊南:春有百花秋有月,夏有凉风冬有雪,若无闲事挂心头,便是人生好时节……知足的人才懂得惜福,可惜呀……

马薇:励志剧你看多了吧?

【物体入水和电流声大作。

【舞台瞬间全黑。

【秦然发出一声惊骇惨叫。

马薇:糟糕!停电了!

昊南:坏菜,隔壁出事了!我去叫人!

马薇:你自己小心啊!

周一亮:(跑上)什么情况?!

【切光。

第二场

时间:当天夜里

地点:罗苏和秦然的房间

【微弱的光照下,(可以理解是应急灯或者蜡烛的光源)秦然嘤嘤地哭着。

【昊南成了秦然和罗苏的向导和指南。

昊南:门框在这儿!绕过来,小心马桶!(朝又惊又怕的秦然)来,拉着我的手……离开浴室,到沙发那边去!别趟着电线!

罗苏:(摸索着)哥们儿,你怎么眼神这么好使啊?

昊南:我的世界一直就没亮儿,所以习惯了……

罗苏:你现在是明眼人!我们倒成了睁眼瞎!

昊南:我也一直想问呢——到底谁是残疾?抱歉……说走嘴了……

秦然:说到点儿上了……不好意思……让你见笑了……

昊南:也不知道怎么劝你们,反正,一辈子总是要过坎儿,是人过坎儿还是坎儿绊人,就是一念之差……

罗苏:兄弟,劳驾求你个事,千万给我保密啊,这事儿传出去太没面儿……

秦然:都什么时候了,你还死要面子!

罗苏:你给我闭嘴!

昊南:我不知道你们的生活到底怎么了,我也不想打听别人的隐私,我就想跟你们说一句,你们看不见就这一会儿,我呢,这一辈子都得摸着黑过……要死,轮不上你们!(激动)跟我比你们什么都不缺吧?——能看,能听,能感受,能思考,能用手用脚去干你们想干的任何事!这样的日子给我一天就够啊……可你们非要亲手毁掉这一切!我求之不得的一切!蠢货!

秦然:(无地自容地)添麻烦了,对不起……

昊南:你们最对不起是你自己!抱怨,放弃!其实就是极端的自私自利!我最看不起这号人!你们别小看马薇,那么个小女子,面对生活的勇气和胆量,把你俩绑一起都拼不过她!都别乱动!趁着电还没来,摸着自己的心好好想想!多好都能死,多差都能活!我得赶紧去找马薇!耽误了后悔一辈子!

【昊南急下。

【秦然和罗苏面面相觑。

【光渐收。

第三场

时间:当天夜里

地点:酒店餐厅。

【起光

【一张洋气的长餐桌。

【众人参差错落,扎堆儿耳语、评论着。

【全康举着酒杯缓和气氛。

全康:刚才电工检查过了,愣把电吹风往浴缸里头扔!短路导致的跳闸!

周一亮:这谁干的?

【罗苏和秦然闷坐,不吭一声。

全康:今儿我做东,酒我都买好了。

赵德福:你买的?不是说免费吗?

全康:自助餐免费,酒水除外。咱们今天啊,吃好喝好!满上满上(给众人倒酒),老罗,也给你满上!

罗苏:对不住大伙儿……没经验,操作失败,玩现了!

【秦然突然失控地哭了出来。

秦然:太吓人了!

罗苏:(激动地)笨死你得了!我说得清清楚楚:我把浴缸放满了水,你拿好电吹风,通上电,等我跳下去你再扔……我还没迈腿儿呢,你就瞎扔!

秦然:我手哆嗦,跟你说我干不了!求你别再逼我干这种事儿了……

罗苏:你走吧!你确实玩不了杀人游戏!任何刺激你都承受不了!你的心脏只能平稳跳动,你能接受的生活就是死水一潭!回去继续过你的小日子吧!朝九晚五,洗衣吃饭,乏味、黯淡、压抑、冷漠,活着的木乃伊!

全康:中邪了!

周一亮:躁狂期!肾上腺素和皮质类胆固醇交互作用的结果。

秦然:您是大夫吗?

周一亮:病人。您还是把我当病人吧,久病成医。

罗苏:老康,听说你会易经,你给我算一卦!看我中什么邪了?

全康:心魔……

唐冰:老康你悠着点儿啊,别再出人命!

全康:不能够!有我在,和谐!一准和谐!(朝罗苏)其实刚见你的时候我就偷偷给你相过面,你的面相本身就是一本教科书啊,那里边充分凝结着中国的大智慧!

罗苏:头回听人这么夸我长相!

全康:你看你的眉毛,充满了忧患意识,凡事不求满,这就完全符合《易经》的宗旨啊!你看咱们的故宫,一共是9999间房,咱们的城门也是九座,还什么九重天、九龙壁、九曲回廊、九万里长空、九转大肠……

唐冰:你不是吃素吗?

全康:是啊我吃素……怎么说到吃上了?你们看,只九到头了,绝不封顶,这就是中国人待人接物的传统啊!满招损,谦受益。

赵德福:大师,你懂得真多!

全康:当然!

赵德福:(背身朝罗苏)他就是拐弯抹角埋汰你长的是扫帚眉!

全康:奸臣!

张凤英:大师,你别生气,他不会说话,你再给他算算财运。(指罗苏)

【全康刚要开口,被赵德福打断。

赵德福:他不缺钱,就是不知足。该算财运的是我!

全康:赵德福!你能不能少说两句(普通话转为了唐山口),你忒烦人了!

张凤英:你也是咱们唐山人?

全康:我是乐亭的……人这种动物,(改为普通话)追求刺激,占有欲和控制欲永无止境,一个地球都不够折腾的!这就是人性的弱点!

罗苏:太阳底下无新事!明天和今天一样,活着和死了一样!这人一过了三十五,就会觉得,这辈子就这样了!没劲。

【林凌兀自起身,喃喃自语。

林凌:三十五,多年轻啊!我去黄陂找你的时候,你还不到三十五呢。

冯教授:那年,我三十二。

【抒情音乐起。

林凌:你送给我的花儿,插花瓶里了吗?

冯教授:我送过你很多次花儿,你说的是哪一次呀?

林凌：就是你被打成"右派"，马上要下放劳改的前一个晚上，你在我家楼下，抱着一捧花，粉红色的玫瑰，满满的一大捧！我还以为你要向我求婚呢！可到了，你非要让我跟你分手……

冯教授：就那几个字，我想了一晚上！就是说不出口！

林凌：就那几个字，一直到今天，我还是想不明白……

冯教授：你这个死心眼的姑娘，我是不想连累你！可我万没想到，你就这么等了我一辈子！

【音乐渐收。光区变化。

全康：哎！人这种动物，麻烦就麻烦在自己得跟自己聊天儿！聊通了，聊透了，活着才有趣儿。

罗苏：(琢磨)跟自己聊天……绝！好像是这么回事儿。你说这人，不知道怎么就生出来了，也不知道自己怎么个死法儿！生和死都没什么商量，你说多不讲理！

全康：要不怎么人生下来全是哭着报到，没一个是笑模样的！

赵德福：错！听我妈说，我生下来没哭也没笑，我很淡定！

全康：你那是被羊水呛着了！那得提了起来倒着拍！要是不哭就没你今天了！

唐冰:你门儿清啊!

全康:当然,我儿子就那样!

赵德福:啥?

全康:(全康意识到失语,不光占了赵德福的便宜还招惹了唐冰,连忙捂着嘴小声对赵德福)我老婆、我前妻,生我儿子的时候就那样儿!我刚才没说全,不是成心要占你便宜啊!

张凤英:(上前拉扯赵德福)你个猪脑,接这话茬干吗呀,那边待着去!(看着罗苏秦然少顷,忽然大声问道)你俩是两口子吗?

赵德福:(呵斥)你个傻媳妇儿!什么时候了还八卦!

罗苏:我们俩刚在网上认识的,才三个星期。

张凤英:啥?这就是传说中的私奔哪!城里人就是乱……

秦然:认识的时候我们俩都被确诊了,抑郁症。

赵德福:(毫不理会地)啥狗屁抑郁症!老子偏就不信这个邪!依我看,你们就是吃饱了撑的!兄弟我今天当回大夫治治你的病,就问你一句,你每月挣多少钱?

罗苏:你觉得这问题重要吗?

赵德福:当然重要!多少钱能让你高兴一回?八万?十万?还是升了官出了国换了媳妇儿?(把话甩

给全康、唐冰,唐冰不悦)可是我,我不像你们!我今天就很高兴!白吃白喝白住宾馆!多美的事情!本想着跟媳妇儿亲亲热热地过个年,这刚往大澡盆里灌满了热水,要洗那个啥来着——

张凤英:(羞涩地)鸳鸯浴!

赵德福:哎——就被你个狗日把电给憋瞎了!你就是"除夕"这锅汤里的耗子屎!我今天就要好好收拾收拾你个糨糊脑壳!"好日子不知道好好过"说的就是你这号人!我赵德福一年到头拼了命也就想活成你那样!你这么一闹,叫我还咋奋斗?

罗苏:合着我还影响您积极进取啦?

赵德福:(情绪激动)当然了!你是城里人,我是乡下人;你吃西餐,我喝稀粥;你住大楼,我住大棚;熬成你现在这样就是我的出头之日!你就是我的中国梦——你过着我梦都梦不出来的好日子,你凭什么想死?你是存心要气死我呀!

【张凤英上前掐了一把赵德福。

张凤英:德福,大哥心里正难受呢,你少说两句!

罗苏:(训斥张凤英)你少说两句!(转向德福)大哥,你接着说!

【张凤英一怔。

赵德福:好儿要好娘,种田要好秧,心里头不敞亮,白瞎了这副好皮囊!我就这话!

罗苏：你别说，以前还真没人当面这么撅过我！兄弟我还真听进去了！

赵德福：（得意地）我开的药方，那就是个灵！

张凤英：零蛋的零！

【凤英和德福又要斗嘴，冯教授打断。

冯教授：今天这个大年夜有意思啊！比哪年都热闹，我喜欢！和你们在一起，一点都不闷得慌！

笨笨：我爷爷就是嫌美国没人聊天，才非闹着回来的！

唐冰：闹了半天，您是海归呀？

冯教授：别提了，那美国真不是人待的地方！

全康：咱这儿没领导，您说话不用老绷着。

冯教授：实话嘛！——刚退休那会儿，儿子非接我过去感受感受，我就去了，可语言不通没人聊天哪。我说到外面遛遛弯锻炼身体吧，就跟着中国大妈去跳广场舞，结果把警察招来了，说是噪音太大，给取缔了。我说那就来点安静的吧，我看那大广场老大一片绿地呀，就那么荒着，简直就是浪费！自己动手丰衣足食啊，我种点菜吧。结果警察又来了，说绿地是公用的，不能私自乱种东西。没辙了，在外面尽受管制，我躲家里自娱自乐总可以吧？我拉二胡，《二泉映月》我最拿手了！嘿，没两天隔壁邻居报警了！说我拉的曲子太凄惨，硬说我有自杀倾向！你说这不狗拿耗子么！懂不懂中国美学啊？一生气一跺脚，我回来了。再谁请我都不去了！

【众人欢笑。

唐冰：您这经历，赶上郭德纲的段子了！

冯教授：这人哪，归根结底还是群居动物。什么样的生活叫幸福呀？就是待在自己说了算的地界儿，大环境公平，人人都讲理，人人都相互帮衬，就这么简单！

全康：嗨，这要让我算啊，这里头有说法！诸位，今天难得！听我的，今儿咱索性大家伙一起，咱把年夜饭吃好，把酒喝好，把天儿给聊透喽！谁叫咱们这帮倒霉蛋碰上这么个一路红灯的大年夜，真是千载难逢的缘分哪！

唐冰：长这么大真是头一回，年夜饭改烛光晚会了！

全康：我估计，今天是咱们这些人这辈子的第一次！第一次摸着黑过年，第一次跟陌生人过年！当然了，咱们现在已经是熟悉的陌生人了，感谢老天，让飞机晚点，让宾馆停电，成全了咱们今天的烛光年夜饭！喝起来啊！

【众人干杯。

周一亮：你们没觉得有人缺席吗？

秦然：（四顾）盲人帅哥！

罗苏:轮椅美女!

笨笨:林奶奶!

【切光。

第四场

时间:当天夜里

地点:酒店天台

【马薇遥对星空。

【追光起。

【马薇打开手包,拿出一沓整齐的信笺。

马薇:辉哥,过年了!听见鞭炮声了吗?三年前咱们约好的,大年夜,在天涯海角定终身,我知道你不会忘,可就是因为那场车祸,你永远地失约了……抛下我孤孤单单地留在这个世界上……一晃三年了,我想你想得很苦。多少次我都想给自己一个解脱,可我又舍不得……舍不得舞蹈,舍不得我们俩曾经一起做过的许多美梦……今天是大年三十,我想到天涯海角跟你做最后的告别,没想到,我也失约了……咱俩也算扯平了。你不会怪我吧?其实,无论我在哪儿,你在天上都能看见,对吧?(拿起信)这些,都是你走以后我写给你的,要跟你说的话全在信里了。现在寄给你,你在天上慢慢看吧,想我的时候,我们梦里见。

【马薇捧着信,一道光柱仿佛一条时光隧道。
【林凌慢慢进入光的隧道,接过了那些信……
　　林凌:这些信是我写给你的,一封也没有寄出去。我不知道你在哪儿,也不知道你是不是还愿意看到这些信……我知道你有很多苦衷说不出口,我也知道,你早晚会来,告诉我这些年你是怎么过的……等你来找我的时候,我再把这些信交给你,只要能等到那一天,一切就都不晚,一切就都值得……
　　冯教授:(走进光的隧道)不看你的信,我也知道你是怎么想的……是我辜负了你……小凌子!
　　林凌:我是买的站票,到了黄陂……
　　冯教授:挺漂亮的一个姑娘,站到我面前的时候,跟个流浪猫似的……让人看着,心疼!
　　林凌:你瘦了!
　　冯教授:我怕见你,又想见你……
　　林凌:你带我见了嫂子!你在当地娶了个嫂子……那是个好女人……
　　冯教授:我对不住你!……去年冬天,你嫂子也走了,她去了天堂……剩下我孤单一人,我又有了爱你的资格!……我们之间,再也没什么阻拦了,我终于可以……好好爱你了!(催心动肝)可是你……可你老得已经快要记不住我了!……求你再给我些时间,一年,半年,一个月,哪怕只有三天,我都认!我要抢在你忘记我之前,仔仔细细地爱你!……小凌子,看着我,记着,我是你的老伴儿,老伴儿!

【林凌从恍惚中回转过来,定定地看着冯教授,恢复了陌生人一般的漠然表情。

林凌:(像关切陌生人一样)你和家人走散啦?别着急,我带你去找!一定会找到的,你别着急啊……

【冯教授终于忍不住背转身哭出了声。

冯教授:(旋即克制住情绪)我不急,有你呢,我们一起找,一定找得到……

【两位老人搀扶着走远,下。

【昊南慢慢走近马薇。

昊南:原来,你去海南就是为了和他告个别?

马薇:是。

昊南:你一直不肯接受我,也是因为这个?

马薇:对不起昊南,我事先没跟你说清楚,是因为我自己也没想清楚。我必须和他有个交代,然后……

昊南:重新开始?

马薇:我不知道……

昊南:看着我的眼睛。

马薇:(躲闪着,敷衍着)我看着呢……

昊南:你没有!你骗不了我!

马薇:(终于失控,抓起昊南的手)昊南!你来摸摸我这两条腿!我出过车祸!我下肢高位截瘫!我的腿会越来越细越来越软,就像两根奄拉的面条!我永远要不了孩子、跳不了舞、穿不了裙子、踩不上高跟鞋,这辈子永远只有这俩轱辘跟着我!……知道这个世界上我最恨什么吗?台阶!每一道横在我面前的台阶!你们一步就能迈过去的台阶对我来说就是一座山!我恨这俩轱辘,我恨我自己!谁也别管我!我只想一个人待着!让我一个人待着!

【马薇崩溃地甩开昊南,推翻轮椅,任凭自己瘫倒在地。

昊南:马薇,我知道你很累……再给你自己一次机会!也再给我一次机会!我们都信任自己一次!好不好?

【马薇哭泣。

【昊南打开手机的播放器——钢琴曲《天空之城》的音乐。

马薇:《天空之城》?这是他送给我的最后一张CD。

昊南:是我弹的。别忘了,我是调音师,钢琴的88个琴键都得乖乖听我指挥。

马薇:(楚楚动人地)你有你的命,我有我的命,只不过,都是苦命……

昊南:认命,但不从命……把手给我!

【马薇弱弱地把手伸过去。

吴南:我不想像那对老人那样,直到天涯海角才拉上手。我要拉着你的手,一起走到天涯海角!

【钢琴曲抒情。

【吴南拥住马薇安抚,马薇渐渐安静下来。

马薇:吴南,你不觉得上天对你不公吗?

吴南:这样想过,是在医生告诉我说,会一点一点看不到,最终失明的那段时间,我觉得自己是世界上最不幸的人,可当我的世界真的完全变成黑暗以后,我反倒觉得我是幸运的。

马薇:为什么?

吴南:因为如果我的眼睛还能看得见,如果我还有很多选择,说不定我现在会是个小混混,天天打打游戏机,刷刷微博微信,发着牢骚赶赶时髦,过着浪费青春的日子。现在我看不见了,可我的生活很充实,我知道我的每一分钟都应该干些什么,我有强烈于常人的求知欲和紧迫感。

马薇:你的意思是,幸运和不幸不是绝对的,换个角度去想,得到的就是截然不同的答案。

吴南:你理解的大部分正确,不过有时候幸运也是绝对的!比如……

马薇:什么?

吴南:比如,上天让我遇见了你!

【两人和谐地相依,仿佛一体。

昊南:看着我的眼睛。

马薇:你的眼睛真好看,就像秋天的湖水……

昊南:我妈说看过你跳的《天鹅湖》,美极了!

马薇:怎么会?那时候咱俩还不认识呢……

昊南:我让她在网上搜到的,你从前的录像。我让她对着画面给我讲,放慢动作,一帧一帧地放,每一帧都不放过!

马薇:我现在自己都不敢看……

昊南:你现在比那时候更好看了……马薇,我能请你跳支舞吗?

【马薇动情地点了点头。

【乐声悠扬。

【昊南承担着马薇的重量,二人滑动着跳起了舞步。

【乐声渐入华彩乐段。

【追光下,一切暗淡。只有马薇的手臂,如同一支指挥棒,灵动的手指如诉如歌,行云流水之间将万千气象、缤纷色彩裹挟幻化而出,配合大屏幕渐次呈现的恢宏背景,整个舞台光芒无两、目不暇接、美轮美奂。

【音乐连贯至下一场。

第五场

时间:当天夜里

地点:宾馆酒吧

【夜深人不静,三个男人已然微醺,各自采用舒服的姿势或坐或歪。

赵德福:(尽力伸展四肢)恩,今天这个晚上,我很珍惜……明天,我就住不成大酒店了……

罗苏:酒店有什么好？千人睡过万人踩过！

赵德福:就是比大通铺好睡！我要是有了钱,我就不买房子,我就一辈子睡大酒店！

全康：老赵说到了一个终极问题,人挣巴一辈子,蹬腿儿闭眼之前,无非是睡在哪儿的差别！

赵德福:(较劲地纠正)是把床支在哪儿的差别。

罗苏:老赵,我特想知道,你有心事的时候,怎么排解？

赵德福:睡觉！

全康:能睡着就说明你没心事！

赵德福:错！睡不着就说明你还没累成三孙子！去外头跑圈儿,出门遛狗,扛大包出大力流大汗地折腾自己,一天干上十个钟头别歇着,我保准你沾上床边就打呼噜！我这招灵得很！

全康:我有体会！深刻体会！

罗苏:算了吧,你那是老夫少妻美得你！老牛嫩草福气得你!

全康:我那是老牛吃苦草,心有余力不足的苦,是苦中极品。

赵德福:你这话又是吃饱了撑的气人来了!多少男人哭着、喊着、觍着脸、犯着贱地想吃你这个苦!

罗苏:老赵!真理!别看你长得糙,可你老是说真理!

【赵德福很受用地打了个呵欠。

全康:做人得讲良心对吧?人家"嫩草"一掐一兜水的时候就跟了你,你不能光顾着自己草肥水美的!你就说我这头"牛",比嫩草大那么多岁,按照自然规律,我肯定死嫩草前边吧?我这一死,剩嫩草孤单一人活在世上,她靠谁去?

罗苏:想不到你的心思还挺重,把财产房产都留给她呀!

全康:不是那么简单的事儿!人活一世,什么最可怕?孤独!人是群居动物,需要陪伴,尤其是爱人的陪伴!精神的陪伴!用钱去化解孤独,这真的可能吗?(对罗苏)你看的书多,你给我算算!

罗苏:算不了,确实无解!不过至少,今天晚上我不孤独!

赵德福:(幸福地憧憬)孤啥独啊?吃饱了撑的!好日子才刚开了头!——明天,明天我就吃上海天盛宴啦！别胡想八想的！睡觉！以后你再难受啊，你就想想我，想想我的中国梦早就被你狗日的实现了，你就不孤独啦！

【赵德福一个翻身打起了呼噜。

全康：你别说，老赵有点儿哲学家的底子！

罗苏：胡吃闷睡、给点阳光就灿烂就是哲学家啦？

全康：知足常乐，化繁为简，高僧只说家常话！就这么着了——睡觉！

罗苏：哎，都睡啦？！

【光渐收。

【周一亮在追光中。

周一亮：(独白，近乎呓语状态)夜深人不静……越困越失眠，大夫说的那什么"森田疗法"，我看根本不靠谱！我的毛病根本就是写本子累出来的！再说艺术家创作的时候有几个神经正常的？不疯魔不成活！感性和理性，敏感和深刻，两手都要抓，两手都要硬！等着看我笑话的人，咱们走着瞧！只要我剧本最后一个字落在纸上，立马百病全消，好人一个！哈哈，让敌人睡觉去吧！让角色为我引路吧！(对着虚空中的"角色")你们知道我要去哪儿，带我往前走就是了，我一定能到，你们只需要把你们全身心地交付给我，我来决定你们的命运……不，是老天爷来决定！什么平行宇宙,第二个地球,光速、声速、黑洞、黑子、光斑、耀斑,老天爷早把你们一个一个的命运全写好了!人啊人!自高自大、自作自受的蠢蛋……我要把你们一个一个打回原形!咱们走着瞧……

【追光收。

【秦然和唐冰的光区,两个人啜饮红酒。

唐冰:你觉得,明天咱能到吗?

秦然:老天自有安排。知天命顺天意。

唐冰:听说大病过一场的人,都活得特明白。

秦然:我岂止是大病一场,我是在鬼门关前溜达来,又溜达去……

唐冰:我也纳闷呢,按说你是明白人,怎么还干糊涂事啊?

秦然:冰冰,我比你大几岁,有些话跟特别熟的人说不出口,跟特别亲的人又没理由说,只有闷在心里,可是今天碰见你,不知怎么,我特别想说出来……

唐冰:能理解,我也有这种时候。

秦然:我和罗苏是网上认识的,虽然才仨星期,可是我承认,他有吸引我的地方。我自己也万万想不到,在自杀网上认识的人,又让我产生了活下去的欲望,真不明白为什么我这人这么矛盾!

唐冰:你是个有故事的女人,能说说吗?

秦然:三年前,我女儿得了白血病,没救过来,死的时候七岁……两年前,我查出癌症,老公和我离了……

唐冰:天哪!那你现在……

秦然:病情已经控制住了……要说不幸,我觉得我算顶到头了!可是今天我一看见昊南和马薇这俩孩子在一起的样子——清澈,简单,互相需要,互相依赖,真是好……和他们的人生比,我觉得我太矫情了,我摊上的这点儿事真的不算什么!其实我才是残疾!有手有脚的残疾!有眼无珠的残疾!

唐冰:这么一想对呀——我们可以去旅行,去见识,想做什么都还来得及!

秦然:从前是被日子一天天拖着往前走,以后的日子,我必须做自己的主!

唐冰:说定了!咱们都重新开始!其实……我和老康也有禁区,他有孩子,和他前妻生的,我们之间很忌讳说这个话题,但是不说,不等于事实不存在。

秦然:看得出来,你老公很爱你……表现之一就是老怕你给戴绿帽子……

唐冰:老男人的通病!

秦然:如果你也爱他,也试着爱他的孩子吧。

唐冰:(若有所思)明天吧,从明天开始,我试试……

秦然:明日复明日,万事要趁早!

唐冰:嗨,我的明天还一大把呢!太阳明天照常升起……

秦然:(半自语)苍天弄人!在你还能选择的时候,不让你看透;在你终于真相大白的时候,你已无路可走!呵呵!……此处只能呵呵!

唐冰:姐,你醉了吧?

秦然:呵呵……

【光渐收。

第三幕

时间:大年初一。

地点:飞往三亚的航班机舱内。

【飞机腾空而起的巨大音效。

【机舱内的两排座椅,一行人都在邻近位置安座。

【充满亲和力的女声广播:"女士们先生们,我们即将为您提供餐食、茶水、咖啡和饮料,欢迎您选用。今天是大年初一,我们航班特意为您准备了主食水饺,希望您猴年吉祥,健康如意!

赵德福:(站起来活动腰身)哦!我很吉祥!我很如意!快到了吧?

张凤英:(捅了他一下)一路上就数你闹腾!

秦然:我那份还给你啊!

赵德福:哦不用不用,这是猴年的福气,我不能多吃多占,你的就是你的!

罗苏:老赵的觉悟噌噌见长啊!

赵德福:做人不能贪,我娘教我的规矩。

张凤英:明明是我教你的!

全康:教母!你是他教母!

唐冰:还发面呢!

全康:(摇头)贤妻永远圣明!老夫没有补充!

【一阵急剧下降导致的失重使得所有人都抓紧了扶手。

【空姐(可由扮演大静的同一演员出演)急步过来。

空姐:(对赵德福)先生请您立即回到座位,系好安全带。

赵德福:怎么回事?

空姐:请大家立即关闭手机、电脑、电子游戏机,为了所有人的生命安全,请大家理解配合!

【舞台高层平台光起。

【机长在驾驶室正在操控,同时打开了客舱广播。

【注明:有关紧急情况下的飞行规则已经专业人士考证,但是解释程度不必如此详细,目前罗列于此,是为主创们了解参考。

机长:(镇定地)各位女士,各位先生,我是你们的机长。我们现在距离目的地396公里,飞行高度10700米。我现在向大家进行一次非常规的飞行情况通报:飞机的导航和系统目前受到来源不明的严重干扰,已经导致与地面的无线电联络完全中断,目前我们无法与地面空管取得联系,也无法与其他飞行器进行无线电通信,因此,我们即将启动特殊情况下的着陆准备程序。请大家放心,我们全体机组人员接受过严格训练,我们有独立解决目前困难的能力和信心,我们会尽全力把大家安全带回地面。

【机舱内一阵骚动。

张凤英:海南还飞得到飞不到?

全康:不能吧?出行指数完全成负数啦?

唐冰:老康!准是有人咒我们!你算算,到底是谁?

周一亮:1394,这航班号就不靠谱!

罗苏:不对呀,群里都说这个航班号是心想事成的首选呀!

秦然:(捅了捅罗苏、低声)咱们那群叫"来世缘"——快别提这档子了行不行?

机长:气象雷达显示,我们在降落过程中将穿过大面积的积雨层。下降过程中存在与其他飞行器相撞的可能性。为了规避空中相撞,在以后的15分钟里,我们可能需要采取无预警、超常规的激烈规避动作。我现在要求每一位乘客听从客舱乘务员的指导,立即回到自己的座位,脱下佩戴的眼镜、手表、首饰、高跟鞋和尖锐物件,系好安全带,收起小桌板,将座椅调直。乘务员各就各位。

　　Ladies and gentlemen……

【静场。

【众人形态各异,定格成雕塑状,惊叫者有之,祈祷者有之,哭泣者有之。

【少顷,复原。

唐冰:(爆发地)我不想死!我没活够哪!

【张凤英忍不住呕了起来,秦然连忙递过去纸袋。

秦然:振作一点,快帮吴南、马薇收一下小桌板。

罗苏:我想过死,可真没想过连带这么多人陪绑啊!

赵德福:闭嘴!还没到号丧的时候呢!

罗苏:现在改主意还来得及吗?

机长:各位女士,各位先生,为了尽最大可能在机场着陆,我们会尽可能延长在空中滞留时间,这样可以增加重建无线电联络的机会,如果不能如愿,我们将选择在合适的海域进行无导航海面迫降。为了大家的安全,我现在命令每一位乘客确认,是否已经脱下佩戴的眼镜、手表、首饰、高跟鞋和所有尖锐的物件,必须系好安全带,收起小桌板,将座椅调直。客舱乘务员开始执行迫降准备方案。

空姐:(礼貌但完全不容置疑地)现在请大家按照机长的命令,我们共同做好迫降准备。每一位乘客必须脱下佩戴的眼镜、手表、首饰、高跟鞋和所有尖锐物件,系好安全带,收起小桌板,将座椅调直……

【空姐开始检查乘客的安全带、小桌板,均表现出高度的职业坚毅和镇定。

马薇:高跟鞋!唐冰的!

唐冰:哎哟,安全带卡住我了!有一只脱不下来!

冯教授:出溜下来,伸到前排,我帮你!

林凌:(一伸大拇指)聪明!

笨笨:林奶奶,您明白过来啦?!

林凌:我啥时候糊涂过呀?

【空姐开始发纸发笔。

空姐:(逐一关切、体贴、温暖、训练有素地,从前排开始)您需要纸和笔吗?

赵德福:干、干什么?

周一亮:我一张不够,再给一张吧。

张凤英:(哭腔)这是让咱写遗嘱!福子,你还有啥想说的?

赵德福:笑话!我赵德福这辈子写过的字都凑不

够一张纸,现在倒要写啥狗屁遗嘱!我就不信这个邪!老子第一次坐飞机去海边泡老婆,海天盛宴还没吃成呢就要写这不吉利的玩意儿!谁写我跟谁急!(朝众人)你们,还你们,都不许写!听见没?

罗苏:听你的!我不写!我……早写好了!

秦然:我也不写!我听老赵的,我们一定能看到大海!(勇敢地)罗苏,我不敢陪着你死,但是我敢陪着你活!

罗苏:秦然,别怪我,是我把你拖进我一团糟的生活……下飞机第一件事儿,我请你喝酒!喝大酒!

秦然:痛说革命家史?

罗苏:顺便畅想你我未来!

秦然:(递过纸笔)写下来!

罗苏:干吗?

秦然:空口无凭。

罗苏:强迫症你这是!

秦然:我要没病我能认识你吗?

罗苏:我认了!我写!

【昊南抓住了马薇的手。

昊南:马薇,请你闭上眼睛!

马薇:我不!我要好好多看你几眼!

昊南:你看着……我说不出来!

马薇:我看过一本书上说,人一辈子平均只有7

次决定人生走向的机会，两次机会之间相隔大约7年，机会大概会在25岁以后出现，75岁以后就不会有什么机会了……

昊南：你到底想说什么？

马薇：这50年里的7次机会，第一次不容易抓到，因为太年轻；最后一次也不用抓了，因为太老。这样只剩5次，这里面又有两次会不小心错过，所以实际上只有3次机会……而现在出现的机会，一万年一次！

昊南：（脸憋得通红）我绝不会错过了！请1394航班的全体乘客见证，我，昊南，现在正式向马薇求婚！

马薇：（极其爽快地抓住昊南的手）我愿意！一生一世！无论顺境还是逆境、健康还是疾病、富裕还是贫穷……

昊南：（同声）快乐或者忧愁，健康或者残疾——我将永远爱你！

【昊南和马薇动情拥吻。

【昊南给马薇戴上临时准备的可乐拉环。

昊南：这是一枚临时的戒指，是1394航班上一听可乐的拉环，如果我能活下来，我会用我下一年调律师的收入，为你补一颗钻戒！我发誓！

【冯教授也激动抓住了林凌的手。

冯教授:笨笨,快帮爷爷开一听可乐!

【笨笨懂了。把拉环递给爷爷。

冯教授:小凌子,我欠了你一辈子的求婚,现在,我补给你!你一直是我心目中最想娶的那个姑娘!如果我能活下来,我答应你,今后每年带你去一次海边,看一次春花,赏一回秋月……

林凌:去一次黄陂!

冯教授:(郑重地答应)哎!我发誓!小凌子,(把指环套在林凌手指)嫁给我吧!

笨笨:我当花童!

【马薇哼起了婚礼进行曲的旋律。

【少顷,伴随着机舱外的电闪雷鸣,和偶尔的被雷电击中产生的强烈闪光和机身高频震颤,全机舱的人跟着一起合唱哼鸣。

【张凤英感动地紧紧挽住赵德福的胳膊。

张凤英:要是能活下来,我们不出去打工了,我们回家自己干,咱村子有山有水,咱有手有脚,办个农家乐,挣出个"小康"有啥难的?

赵德福:我同意!

张凤英:等咱们有了孩子,咱要送他到城里念书,咱孩子不能像咱们,最差也得上个北大!

赵德福:媳妇儿,我全听你的!

【光区变化。

【机长在驾驶室仍然试图建立联络。

机长:MayDay,MayDay,MayDay,这里是除夕1394,我们因为通信中断、机载电子导航设备失效,启用盲发,现正在经过6500米下降,航向185,航速320节,目前估算位置距海口美兰国际机场大约350公里,距三亚凤凰国际机场260公里,三沙190公里,应答机3017,如果有人听到,请向三亚中心转发。两分钟后重发。

【无线电噪声。

罗苏:我们失联了!

秦然:彻底和这个世界隔绝了……

全康:自己的小命儿哪归自己管呀,都在机长那儿攥着哪……

唐冰:人,真像蚂蚁一样……

冯教授:互相帮衬才能往前走得远啊!可惜,平常的时候很少反省!

空姐:大家写好了可以交给我。

冯教授:然后呢?

空姐:把它们放入专用的密闭容器,救援人员能够把它们送到各自亲人的手上。

冯教授:(含泪)姑娘,你也抽空写几句,留给你最爱的人罢!

空姐:我写好了,很久以前就准备好了……

冯教授:准备面对这样的不测风云?

空姐:职业要求我们做这样的准备。

冯教授:最可爱的人!这是我的……连命一起,都交给你啦!(朝林凌)小凌子,估计我们要下辈子再见啦!你再看看我,记着,我是你的老伴儿,老伴儿!

林凌:老头子,你就是我的老伴儿,我记得结实着呐!

冯教授:你终于认识我啦?!小凌子!我的小凌子!

【冯教授欣喜若狂拥抱住林凌,林凌突然心脏病发作。

笨笨:(喊)凌奶奶晕过去了!

唐冰:(职业反应)赶紧平躺!硝酸甘油!300毫克阿司匹林嚼服!(解开安全带凑过去帮忙)我来吧!

全康:听她的!她是护士!

【空姐送来便携式氧气瓶,一同帮忙。

【罗苏忽然声嘶力竭地喊起来:

罗苏:服务员!你们不是说航空飞行最安全吗?凭什么让我写遗嘱?我的生命我做主,我现在不想死了!我想活,我想活你们懂吗?

空姐:(掷地有声,不容置疑,命令地)请你镇定!这里没有一个人的求生欲望比你低!如果你真要为你的生命做主,现在必须立即听从我的指挥,去做你必须做的事!

【秦然把罗苏按回到椅子上,安抚着。

周一亮:(虔诚祷告状)上帝耶稣基督真主穆罕默德观音菩萨阿弥陀佛……向毛主席保证我的剧本尾声不是这样设计的,你们有什么不满意的现在告诉我,我改,怎么改全听您的……

【一阵无线电噪音。

【唐冰回到全康身边。

唐冰:老公,这回我替咱们所有人算了一把!咱们不会死!如果咱们平安落地,明天就把你儿子接过来,我们一家三口一起在海边过新年!

全康:(出乎预料又万分惊喜)冰冰,你怎么突然之间就长大了?

唐冰:既然勇敢地爱了你一回,那就勇敢地爱你带给我的一切!

全康:世界上最勇敢的人,就是明知无可奈何,却依然义无反顾!

唐冰:你这是夸我呢吗?

全康:错!我夸咱俩呢!

【高台光区。

【忽然在很大的无线电噪音中,隐约听到时断时续、时高时低、时清楚时模糊的录制的无线电呼叫——全体注意,这里是西沙航管中心,无线电干扰严重,如果你听到我,弃用 GPS,转用北斗导航备用通信通道,频率 127.98;重复:转用北斗导航备用通信通道,频率 127.98。全体注意,这里是西沙航管中心……

【众人欢欣。

罗苏:北斗导航!咱们的北斗!

全康:关键时刻还得自己救自己!

笨笨:祖国万岁!

机长:西沙中心,这是除夕 1394,收到。弃用 GPS,转用北斗备用频率 127.98。

【转换之后的无线电通信音质明显清晰,仍有杂音。

机长:MayDay,MayDay,MayDay,西沙中心,除夕 1394,高度 3000,航向 185,机载导航失效,正在盲飞……机上有心脏病人,请求帮助!

【无线电通信声:除夕 1394,西沙中心,保持高度、保持航向、保持航速,我将为你联系备降,请稍等。

【静场 5 秒。

【无线电通讯声:1394,西沙中心,批准你在三沙军用机场备降,我用无线电语音引导你进场,已命令其他飞行器为你清空航路。已请空军提供地面医疗救护服务。其他指令,请稍候。(稍顿)——你们还需要其他帮助吗?

　　机长:西沙中心,1394听你指挥。保持高度、保持航向、保持航速、备降三沙。(双关)没有其他要求! 非常感谢!

　　【静场。众人屏息。

　　笨笨:有这么多人在帮我们呢!

　　罗苏:特许咱们落在军用机场!

　　全康:落地请他们喝大酒!

　　冯教授:生死时刻,人性之光! 这辈子算是没白活啦!

　　【西沙中心:除夕1394,右转200,航速250,下降到1800米保持,航速自己掌握,许可你作直线近进三沙,跑道16左,风310,风速5米/秒,海压1002。继续无线电语音导航,目视飞行规则。联系空军三沙塔台,频率:128.35。祝你好运!

　　机长:下降到1800米保持,自己掌握航速,跑道16左,风310,风速5米/秒,海压1002。三沙塔台频率128.35。感谢你的帮助! 春节快乐!

　　【众人松了口气。

　　全康:(捻着佛珠自语)刹那为一念,二十念为一瞬,二十瞬为一弹指,二十弹指为一罗预,二十罗预为一须臾,一日一夜为三十须臾。

　　秦然:一天有480万刹那,24万瞬间,1.2万弹指,一昼夜有 1440 分钟,一须臾等于 48 分钟,一弹指为 7.2 秒,一瞬间为 0.36 秒……

机长:三沙塔台,除夕 1394,机载导航设备失效,请求紧急落地许可。有心脏病人,请求救护服务。

唐冰:刹那、瞬间、须臾……

【三沙塔台:除夕 1394,这是中国空军三沙塔台,我用无线电语音指挥你着陆,跑道 16 左,风 330,风速 5 米/秒,目视飞行规则,直线近进,航速自己掌握,批准落地。正在安排医疗救护服务。请稍候。

机长:跑道 16 左,风 330,风速 5 米/秒,自己掌握航速,准备着陆。除夕 1394。

冯教授:死生、存在、永恒……

【三沙塔台:除夕 1394,三沙塔台,医生和救护车已在停机坪等候,机场救火、救援服务已待命,机组与乘客的食宿已安排,备用航空器已在调配中。(稍顿 1 秒)你们还需要其他帮助吗?

机长:(再次一语双关地)没有其他要求。

笨笨:我们得救啦!

机长:非常感谢。春节快乐!除—夕—1—3—9—4。

结尾 A

【众人欢呼。少顷戛然而止,众人定格。

【谢幕。

结尾 B
【静寂。
【少顷,此起彼伏,各种手机铃声响起,各种应答、问候、谈生意、约会、吵架、交易、广告、推销、欺骗等等对话人声……
【舞台上的人们也如蚂蚁一样,恢复常态,各自忙碌,穿梭在一片世俗的海洋中……
【再次静寂。
【谢幕。

结尾 C
【一束追光照着刚从昏迷中苏醒的周一亮。
周一亮:有谁清醒着呢,有吗?……你们谁能告诉我——我们真的得救了?
【死一般的静寂。
【光渐渐收尽。
【全体演员站立,整齐地朝观众行中式拱手礼,接谢幕。

——全剧终

《春风正度》剧照 王小京/摄影

《春风正度》剧照　王小京/摄影

《春风正度》剧照

王小京 / 摄影

《春风正度》剧照　王小京／摄影

《春风正度》剧照

王小京 / 摄影

《春风正度》剧照
王小京 / 摄影

《春风正度》剧照 王小京/摄影

《春风正度》剧照　王小京/摄影

《春风正度》剧照

王小京 / 摄影

《春风正度》剧照
王小京 / 摄影

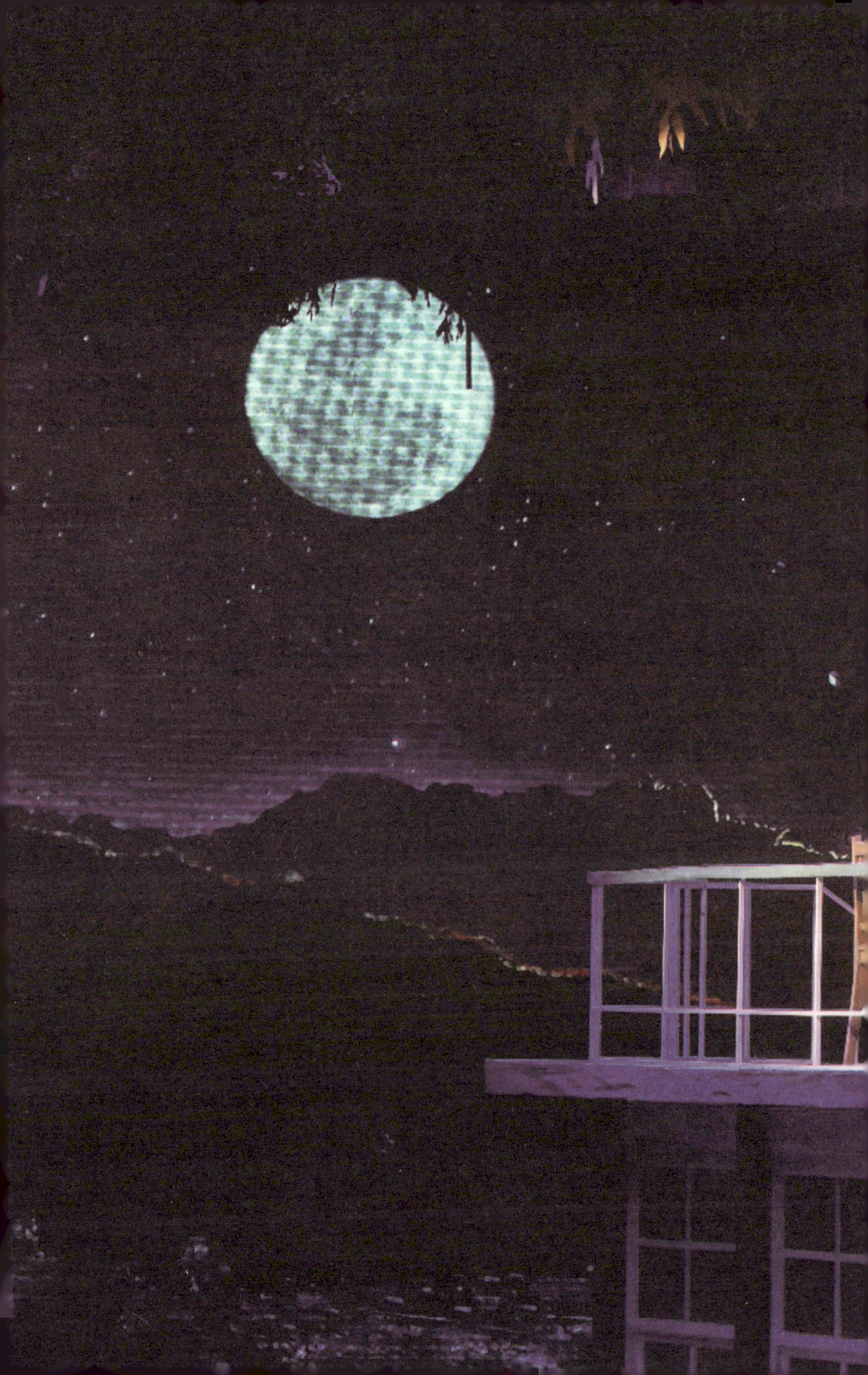

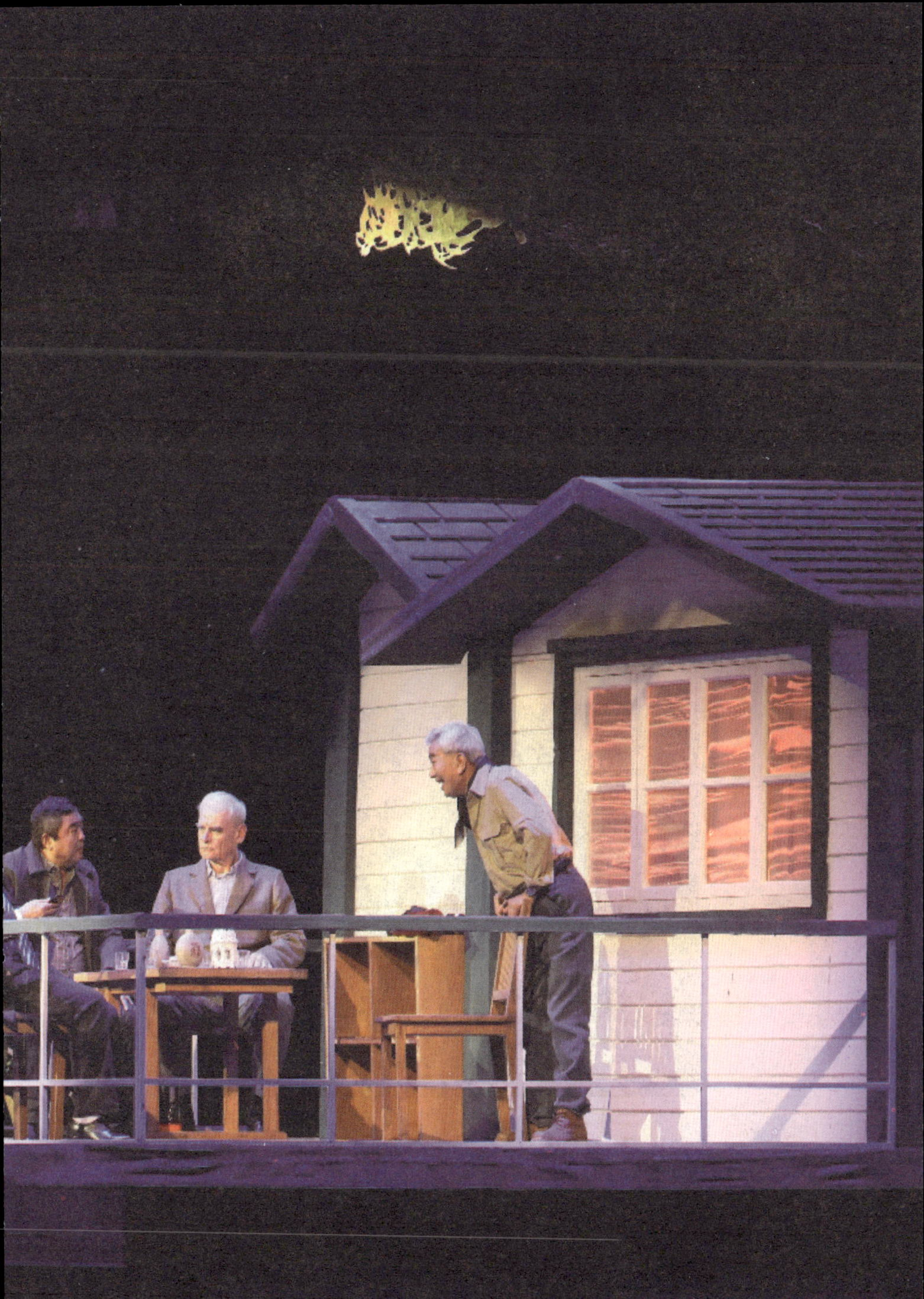

《春风正度》剧照 王小京/摄影

《春风正度》剧照　王小京／摄影

《春风正度》剧照　王小京/摄影

【话剧】

春风正度

Spring wind

吴彤

序幕

【钢琴曲声激越。

【大屏幕:万里长城的壮阔画面(俯、仰、特写,推拉摇移角度)。绝美景色依次为:夏,秋,冬,春。

【快速切换的画面最终与一张未完成的图画高度重合(岭上长城与山间铁轨构成的"天地人"画面,定格。)画面由彩色变为黑白。

【打出字幕:20世纪70—80年代之交。

【序幕出场演员都是以写意方式表演,即便同台,互相之间并不产生实际交流。

【摄影师许文三在长城沿线风景最美的地段取景、拍摄(跟随大屏幕的美景切换画面按动快门)。

许文三:我是最早那拨拍摄野长城的摄影师,长城在中国人的心目中,早就不是一段物理存在的城墙,而是内心深处的依靠、骄傲和象征。

【英国人康威廉在长城沿线最美的地段"长城跑"。

康威廉:我们英国也有长城,但是中国的长城更古老,更雄伟,更神秘。我5岁那年就在画报上看到过中国长城,20年后,终于亲眼见到了它!只这一眼,我就彻底爱上了它!

【许文三和康威廉像在跟谁赛跑或者抢答,似乎都想在长城留下属于自己的印记,又仿佛是在暗中过招儿……

许文三:(一边频按快门一边讲述)长城的建造起源于春秋战国,连接于秦始皇时期,结束于明王朝……

康威廉:(一边跑步一边背诵)中国的长城纵横交错,分布在北方15个省市自治区,总长度21196.18千米……

许文三:(抢着说)长城是游牧和农耕文明的分界线!

康威廉:长城是太空中肉眼能见的地球建筑!

许文三:(站定)据第一位登上月球的美国宇航员阿姆斯特朗报道:在太空和月球,只能辨认出地球上两项特大工程,一是中国的万里长城,二是荷兰的围海大堤。

康威廉:但是,这个报道至今没有被证实,它只是一个流散很广的传闻。

许文三:但是,中国长城的"长"是无可争辩的!长城几乎横亘中国版图,自东向西一共有十三关!分别是山海关,黄崖关,居庸关……(卡壳)

康威廉:紫荆关,倒马关,平型关……

许文三:偏头关,雁门关,

康威廉:娘子关,虎口关,

许文三:(一鼓作气)嘉峪关,阳关,玉门关!(许文三终于抢占了最高点,高声吟出)——春风不度玉门关!

【许文三兴奋地将帽子挥舞着甩到一边,康威廉捡起。

康威廉:(朝远处)拜托!除了脚印,什么都不要留下,除了照片,什么都不要带走!

许文三:(朝远处)长城,是中国的!

康威廉:长城是中国的,同时,也是地球的!

【许文三似有所悟,径直从康威廉手里接过帽子(无实际交流),朝观众挥手致意。

【当地居民高娣一边扫地,一边远远注视着。

高娣:不记得从哪年开始,我见到的外国人越来越多了,别人都说长城是世界的,可我就觉得,长城是家门口的!我是延庆人,长城是我家!长城还让我认识了他——

【高山兴奋地跑上,朝高娣挥手——

高山:老婆,我成功啦!(朝观众)这一年,我一个外乡人,终于如愿以偿,当上了长城讲解员。

【何多良出现在台口。

何多良:那一年,我爸当上了青龙桥火车站的站长,我,也正式成为光荣的铁路子弟……

高山:那一年,延庆对于北京城里人来说,还只是一个远郊区县……

康威廉:那一年,中国开始了改革开放……

【大屏幕渐变为彩色,打出字幕:2018年初春。

【大屏幕渐渐隐黑。舞台光启。

第一场

【音乐与火车车轮的轰鸣声交叠。

【2018年的初春时节。

【一道蜿蜒的铁轨近乎对角线斜贯舞台,也分割出站台和民宿两个表演区。与站台对角相向的是高出舞台水平线的二层民宿,演员可在观景阳台表演,也可从一层门进出。(如果以写意的方式表现铁轨也可行,总之需要有铁轨与山峦相对、相交的画面感。)

【民宿外是一片平缓的坡地,不远处的山梁上,长城逶迤。

【正在坡地上晨练的许文三的手机播放器传出歌曲《我们的生活充满阳光》——幸福的花儿,心中开放;甜蜜的歌儿随风飘荡,我们的心儿,飞向远方,憧憬那美好的革命理想……

【高山、高娣抬着一只木质很好的陈年木椅从屋里出来。

高娣:这椅子一看就是老物件儿,放屋里辟邪镇宅,你非要让搬出来!

高山:老物件也得看是谁用的!何站长不是说了吗,这排房子早年是兵营!煞气重……再说了,咱背靠八达岭,有万里长城给咱镇宅,啥"邪"胆敢来犯?准叫他有来无回!

高娣:做生意讲究和气生财,你别老杀气腾腾的好不好?

高山:我这叫战略防御!咱长城修了2000多年,为的不是主动进攻别人,而是有效防御,首先保障了自身的生存,然后才谈得上繁荣发展。

高娣:反正装修这个旅店已经把咱家家底都豁出去了,还跟儿子借了高利贷,要是客流跟不上,咱俩就站城垛子上敞开喽喝西北风去!管够!

高山:别说丧气话啊,不吉利!……就高放那臭小子还敢跟老子要利息!那就算算养他到今天——老子花了多少本钱!到城里当了个小主管这就涨行市啦?小兔崽子……

高娣:儿子一娶了媳妇,心就不在老家儿啦!咱们也甭指着……要说还是小儿子孝顺,不挪窝,就老老实实守在自家门口!

高山:哼,也不是个省油的灯!不张罗找正经工作,一天到晚就鼓捣什么滑雪!现在家里需要人手,你见谁回来帮衬啦?

高娣:高放在城里上班,请假那得扣钱!高强说是去海坨山集训,过两天就回来了!……哼,还说我更年期,你现在嘴可比我碎!

高山:你都替他俩想好辙了是吧?那你就别抱怨!赶紧干活!

【许文三闻声凑过来。

许文三:哎,好饭不怕晚,好牛不用赶!作为第一批入住客人,我大胆预测哈,咱们"画里人家"民宿旅店必将生意兴隆,财源滚滚!

高娣:(朝丈夫高山)你看人家老许,见过世面的文化人说话就是不一样,听着那么顺耳!

高山:老许,你走南闯北玩摄影,有机会可得多给我们宣传宣传啊!为表诚意,你这次拍长城的住宿费我赞助啦!

许文三:那可不中,老相识就更不中!现在咱延庆赶上了历史性的重大机遇,你看啊,2019年世界园艺博览会,2022年第24届冬奥会都在咱们地界儿举办,这说明什么?说明延庆美呀!拿得出手啊对不对……

高山:延庆美那还用说!——春天赏杏花,咱们有华北最大的杏树基地;夏天森林密度最大,有华北最大次生林;秋天红叶,冬天滑雪……

高娣:你看你也说吧——冬天不出北京就能滑雪,那是咱延庆人的福气!

许文三:对呀,青山绿水,那就是金山银山……我再次预计,以后在延庆买房养老的人,会以几何倍数增长!

高娣:那是,咱还守着八达岭长城呢……按我们老高解说的文辞儿,那叫世界级国家名片,每年从世界各地来咱们这儿的客人,900多万哪!……(朝丈夫)我没说错吧?

许文三:(抢)没错!我记得真真的!老弟,我预计你今后的日程表啊……每天25小时都不够用的!

高山:你老"预计"!我预计你啊,以后第二职业,算命测字先生!哎,要不你也预计预计我吧,你说我马上就退休了,以后干点啥好?

许文三:你还用愁退休以后没事干?——你堂堂一个长城金牌讲解员,至今接待过170多个国家首脑和要员,谁敢不服?!如今你们两口子响应区里号召,积极发展长城脚下的绿色家园建设,这就是又一项伟大事业的起跑线。我这个资深驴友必须支持!从今天起,按天算店钱!咱们之间不必客套啊……哎哎,现在光线正好,你俩站过来我给你们照张合影,绝对历史性的纪念意义!

高山:职业病又犯了!

许文三:喜事嘛,双喜临门!我回屋拿相机,等我啊!

【许进屋。

高娣:(朝丈夫嘀咕)咋就双喜呢?我没算明白……

高山:刚才老许不是念叨了吗,国家级喜事——世园会和冬奥会都在咱家门口开嘛……

高娣:哦,那要都算上,应该是三喜,咱们旅店今天开张啊!

高山:老娘们儿就爱算小账!眼界要宽,心胸要大知道不?还有,以后你就是老板娘啦,要好好经营旅馆,别再见天地绕世界捡垃圾去了,注意形象……咱延庆民宿的品牌形象!

高娣:捡垃圾咋就影响形象啦?不把家门口拾掇干净了你好意思请客人来啊?

高山:你看说说又来你们女的那套小算计了……

高娣:这怎么是小算计?国家也是家,家里待客的规矩也是国家待客的规矩……就你还金牌讲解员呢,不懂小道理,大道理也说不利索!

【许文三闻声打岔出屋,一手拿相机,一手举着对联。

许文三:哎,大喜的日子和为贵啊,为祝贺"画里人家"民宿旅店开张大吉,老夫献上对联一副,聊表心意。(朝高娣)帮忙展示一下啊——上联是:好山好水好风光疑是苏杭……

高山:嗯,下联——老房老院老街坊穿越时光……

许文三:横批——(朝高娣)您来——

高娣:大——美——原——乡!

许文三:齐活。

高山吩咐高娣:赶快贴上贴上!

【火车笛声由远而近。

【高娣、高山贴对联。

【许文三很职业地抓拍镜头。

【车站站长何多良抱着一摞画框上。

何多良:祝贺啊!开业大吉!咱以后就是邻居了!我可是把压箱底的存货都拿出来了!献上我珍藏的十张老照片,都配上画框了,算是尽一份地主之谊!笑纳笑纳!

许文三:哟,何大站长亲自道贺来了啊!老高,赶快谢谢上级领导关心基层群众!

【高山、高娣连忙迎上。

何多良:别拿我打哈哈!什么领导,我呀,充其量就是个帮忙吆喝敲边鼓的!

高山：何站长费心！

高娣：这是站长特意托火车司机从城里带过来的……

许文三：火车司机？（少顷，想明白了，朝何多良竖大拇指）利用火车在咱们青龙桥站的技术性停车……好像只有五分钟吧——从城里"特快专递"相框十幅！——用火车发快递，只有你何站长想得出！

何多良：没办法的办法，我得顶班儿，走不开啊！这批相框是专门在王府井的大北照相馆定制的。加急办理，还不错，赶上你们开张的大日子啦！

许文三：（看相框）这可太宝贝了！全是青龙桥火车站的历史性时刻！你看这张，1937年，七七事变前一个星期拍摄的火车站全景！……（专门挑出一张，朝何多良）这张，是我爸捐献的那幅吧？

何多良：正是正是！最珍贵了这张！——1945年侵华日军在青龙桥火车站缴械投降——您看右下角都标注了：摄影：许竞天！捐赠人：许竞天、许文三。要说啊，你们父子两代都跟我们火车站有缘！大恩不言谢，作揖！

许文三：咱们之间还说啥客气话！

高山：我打算每间民宿都挂上一张老照片，又有人文气息还增加了历史厚重感！咱们民宿的文化特色也烘托出来啦!

　　何多良:我就这么设计的!咱们是互惠互利,捆绑售卖:有你们提供住宿,以后来车站参观的客人也有个歇脚的地方啦!我也是扒拉过小算盘滴——

　　许文三:应该建议,把八达岭跟青龙桥连成游览一线!都是有历史、有故事的地界儿!延庆的人文知识含量密度超高!(朝高山、高娣)你看咱们"画里人家"的地理位置——背靠长城,坐拥千年古道、百年车站,超级厚的家底儿,局气大气外加阔气!怎么样,绝妙的宣传点吧!

　　高山:咱俩换换,你应该去干解说员!

　　许文三:不枉你这些年的熏陶吧?

　　高娣:看出来了,你们都是干大事的人!点子就是多!

　　许文三:何站长,你费劲巴力到处收集车站的老物件,是想开个博物馆吗?

　　何多良:没那么大的雄心,就是尽心尽力而已,谁让我是接我爸的班呢……

　　许文三:何站长也是父一辈子一辈,在这个大山里的小站一守就是60多年,我不知道别人,反正我,由衷钦佩!

　　何多良:也想过走,可就是迈不开腿!没别的,舍不得离开这个地方……长城、道口;高台、老墙……

高娣：现在更舍不得了，还有奥运！

许文三：什么叫真爱啊？这才是！

高山：要说咱这长城脚下的火车站，那可是中国铁路的骄傲！人字形铁轨，詹天佑建造，工业遗产，民国遗风，关冕钧的题字，徐世昌的督办……到今年，建成整整110年了！

许文三：哎，这又是一喜！

何多良：四喜临门！等闲下来咱们必须喝一杯庆祝庆祝！（神秘而自得地）跟你们说，最近我又淘换来一样老车站的宝贝，改天给你们显摆显摆。

许文三：你就爱吊人胃口！那我也跟你们先透个底，我这次来拍长城，也是为了寻找传说中的一景儿！

高山：那你得请我喝酒了！你就说长城的各种历史传说、敌楼高台、典故渊源，没有我沾不上边儿张不开嘴的！

许文三：这回我要找的，肯定是让你晕菜、蒙圈儿、哑口无言的！

高山：就爱跟我抬杠……这么些年，你拍的那些野长城，要是没我当你向导，你的寻人启事，早就不知贴多少回了！

许文三：这回我要找的，有点像镜中花、水中月，如梦似幻，不那么真着……

高山：哪儿那么悬乎……嘴硬！

【火车开动的声音，由近及远。

高娣：哎，谁又那么手欠！你们看那铁轨上，又是从车上扔下来的饮料瓶子！

【高娣眼疾手快地冲了过去，高山想拦没拦住。

何多良：勤快人，闲不住！有弟妹在，我这个站长可省了一笔保洁员的开销呢！我也帮忙去……（下）

许文三：弟妹是个勤快人！你老弟，有福啊！

高山：站着说话！天天捡一堆垃圾放家里头摆着、散味儿，这叫福啊？

许文三：这得跟你掰扯掰扯了！弟妹捡的这是长城脚下的垃圾！长城的脸面就是中国人的脸面！

高山：杯水车薪！一枝独秀不是春，架不住一个人捡，一百个人扔！不光是游客，长途货运的大卡车也是防不胜防！再说了，捡了垃圾那得有地方处理！她可倒好，都处理到我们家院子里头了！一到夏天，那个味儿，顶风呛十里！

许文三：办法总是有！我帮你呼吁，多多倡导垃圾分类，多建回收站。还有，你别老打击环保人士的积极性，没准哪天拣出一个劳模呢！

高山：她算什么环保人士！有那工夫，先给我回屋当劳模吧！

许文三：大男子主义！

高山：其实脏啊味儿的倒不算啥,还三天两头出危险呢！上个月,一大清早去环湖路那边捡垃圾,看见几个塑料袋漂在河面上,她心急呀,捡了根树枝去扒拉,塑料袋是够着了,人也下去了！

许文三：掉河里啦！

高山：回来落汤鸡似的还不敢跟我说实话,我一生气……给她做了把抄子！

许文三：这做派,像咱北京爷们儿！

高山：你说多大的人啦,操不完的心！这好容易把孩子拉扯大了,成天还得替她提心吊胆！

许文三：儿孙自有儿孙福,孩子大了有他们的生活,咱们能做的,就是珍惜眼前人！老伴老伴,老来相伴,牵手牵手,哄哄逗逗……

高山：呵呵,孩子更甭提了,不是有句顺口溜吗？儿子儿媳一牵手,撒由那拉不回头……

【正说着何站长搀着捂住额头的高娣上。

何多良：快别聊啦,赶紧帮把手,弟妹让瓶子给砸伤了！

高山：这怎么闹的？谁说的开业大吉啊？"吉"在哪儿呢？这是要急死我！

【众人一通忙乱。切光。

第二场

【时间接前场。
【民宿房间内。
【高氏夫妇的儿子高放、儿媳乔欣已经赶到。
【高娣头缠纱布靠在沙发上,挣扎着要起身,被儿子按住。

高放:别动!您现在已经被我接管了!

高娣:我没事儿!这么闲坐着更难受……你爸呢?

高放:刚被叫去开准备会了,他们单位明天有个一级勤务,点名要他讲解……

高娣:你弟呢?

高放:打电话说是不在服务区……再说了,家里出事哪回指得上他?!这么么,我爸不放心您一人,把您送到医院看急诊,然后直接把我们俩薅回来盯班儿了……

高娣:合着我要不挂点儿彩,还见不着你俩,是吧?

高放:您要看我们俩不顺眼,我这就叫个护工!

乔欣:高放!(用眼神制止)妈,您就踏实歇着吧,反正我跟高放已经请假赶回来了,家里店里这摊事儿您先别操心了啊。

高娣:你当哥的不能老埋怨你弟!他滑雪也不是为自己玩着高兴,那是国家叫他去的!……再说我也没咋地,你爸就爱小题大做,不就是个塑料瓶子飞过来,擦破点皮……

高放:您就念佛吧!要是个玻璃瓶子飞过来,我估计加上当时大卡车那速度……您就不在这儿躺着了!我爸倒是得了福了,平白捡一个给我找后妈的机会……

乔欣:你怎这么嘴欠呢!

高娣:就是!(朝儿媳)你替我抽他!

【乔欣佯装生气打了高放一拳。

高娣:反正……我到了也没便宜那司机……砸我那瓶子我也给捡回来了……

高放:这是您的风格!不能折了兵了还赔夫人……

高娣:少打岔!你猜怎么着?我拧开那盖子瞅了

瞅,呵,敢情是半瓶子尿！估计那卡车司机也是憋坏了……

高放:就欠抓起来关监狱,给他锁尿桶上！

乔欣:太缺德！

高放:妈,您说您划得来吗？为捡几个瓶子挂了彩,自己难受不说,也没人算您工伤,还得自己掏医药费,还得我跟乔欣请了假扣了钱来照顾您,您这里外赔姥姥家去啦！

高娣:甭跟我算账！别看你是会计……

高放:会计师！

高娣:啊,你是白领,是干部,跟你爸一样,觉得你妈出去捡垃圾丢你们脸了,是吧？行,以后当着外人,咱们就当不认识！

高放:您是我亲妈！您要缺钱您言语！现在回收这饮料瓶子多少钱一个？一毛,顶天了吧？就算您一天能捡 50 个,卖 5 块,一个月,150,了不得了吧？我给您 300！每月 1 号准时微信到账,成不成？

高娣:你给我 3000 也不成！你给我钱能把天买蓝了？你看看咱延庆的天！再看看你们城里的天！区里新闻都说了,咱们延庆的天儿是全市最透亮的！这里边就有你妈一份功劳！300 就想收买我,太小看我啦！

高放:是……我承认,找点儿事做有助于身心健康,可您不是已经把这个民宿旅店盘下来了吗?经营旅店已然够您忙活的了,事业心不要太重,OK?

高娣:甭给我拽洋文!我们一起捡垃圾的就有好几个外国人呢,他们都追着我学中文!——我——爱——延——庆,说得好着呢……现在会说中文涨行市啦!

乔欣:妈,您真能!其实……高放也是心疼您,维持这么个民宿旅店成本可不低,我们替您盘算过,水电费、上网费每年大概就要一万五,请一位阿姨打扫房间,每年也得两万块……

高娣:请什么阿姨,有手有脚的,我自己干!

高放:您浑身是铁能打几个马掌?

高娣:说谁是马?

高放:当然……我这么比方不是特合适……

乔欣:(嘴甜)咱妈是千里马!

高放:(揶揄)哟嚯,中国好儿媳!

高娣:甭绕搭我!

高放:(接茬算账)我这还没算每天的消耗品呢,垃圾袋、牙具、拖鞋、送洗床品……您可别说又您自己洗啊,您得承认现在您已经进入中老年行列了,不能多沾凉水,谨防风湿性关节炎,注意腰肌劳损,提防腰椎间盘突出……

高娣:让你说得我快瘫痪了……你们要真心疼

我,就回来帮把手,你们银行不是在咱们延庆也有分行吗?你调过来不就成了?

高放:哪是您说那么简单?我在总行苦熬快十年了,业绩、职级、人脉的积累都到该提职的时候了,您说不干就不干啦?再说,我来了乔欣怎么办?两地分居?您又不想抱孙子啦?

高娣:说一句顶我十句……你们都回去上班吧,别在眼巴前气我了!

乔欣:妈,高放从小就欠抽,说话噎人,可理想跟现实之间就是存在巨大差距,别人一听"民宿",立刻想到的是诗和远方,可真的操作起来,都是泪和沮丧!刚才说的还都是一地鸡毛的事务性操作,您还得想着宣传推广呢,怎么个定位,打造什么特色,吸引哪些客流,都得考虑。

高放:要我说,离不开特色、舒适、休闲、情怀!不求大而广,但求精而美,重在打造长城脚下、百年老站的特色空间,主推绿色生态、大美延庆的故里情怀……

乔欣:哎,你还一套一套的,看来动过脑子了?

高放:那是!我是我妈的亲儿子,再说我还投了资呢,我不能干看着来之不易的人民币打水漂啊?!我得对这个家负责任!

高娣:甭老拿话填和我,心里有没有这个家我要看实际行动!先帮我把画框都挂上!

高放:这还不简单……(说着开始挂画框)哦,我爸刚还打了个电话,说有个旅行团刚跟他联系了住宿,算是咱们民宿的第一批客人,旅店生意开门红,特意让我转告您,让您也乐呵乐呵,兴许伤口能好得快点儿……

高娣:算他有良心……

【许文三拿着一瓶药进来。

许文三:弟妹,伤得咋样儿?这是我刚买回来的活络油,还有跌打损伤膏……

高娣:哎哟,用不着这个!我扛糙,不像你们文化人娇贵,没大事儿!

许文三:没事儿就好!行善积德之人,自有老天保佑!(朝小夫妻俩)你们也别急着回去上班啦,这几天你们家摊上的全是大事儿,帮衬帮衬,养儿一世,用儿一时,现在正是需要人手的时候……

高放:说得轻巧,您给我发工资啊?

许文三:(正色)身为男人,别老把钱啊、苦啊挂嘴边儿!你是我看着长大的,男人能不能成事儿,就看格局心胸有多大!

高娣:对对,老许,替我教训教训这孩子!(朝高放)看把你能的,还没人管得了你了!

高放:(打岔)许叔……我也是琢磨不透您!您拍这长城得有小四十年了吧?长城的高台、敌楼您都摸遍了呀,光摄影集就出了一摞了,这阵子又来踩点儿……一定是有什么特别的发现了!

许文三:(神秘地)这次不是踩点儿,是破案!

高放:(凑近)这我爱听!

许文三:(卖关子)下回分解……

高放:我算白叫您叔了!

【一直帮高娣按摩的乔欣侧耳注意,高娣已经昏昏欲睡。

乔欣:你跟许叔嘀咕什么哪?

许文三:啊,没什么……(低声对高放)悄悄跟你透个底:上个月,给我老爸过九十大寿的时候,老爷子交给我一张没画完的画,说他这辈子拍过一张最珍贵的照片,可惜后来怎么也找不到了,人老了,眼前的事记不住,年轻时候的事想忘也忘不了。这不么,一门心思地就想闭眼之前画下来,给后辈留作纪念……可画了一半,年代久远啊,好些细节想不起来了,见天的转磨!我一看那张画的背景,好像就在咱们车站"人"字铁轨这个地方……(举着手机)我把画拍下来了,你帮着看看定位……

高放:(看许的手机)嗯,是"人"字铁轨没错儿!你是想帮老爷子完成那张画?

许文三:那是肯定的,90岁的人了,就这么个念想,必须满足啊……我猜老爷子有什么心思没说出来……在那张画的左上角，好像有个很模糊的人影……

高放：男人女人？

许文三：我也大着胆子问了，老爷子没搭理我，只是说，那是一个月圆之夜……就像今晚！

高放：(仰头)哟，月亮都出来啦？

【暗转。

第三场

【紧接前场。
【民宿前坡地。
【一轮朗月高挂天空。
【春夜,围着一张简单的方桌,何多良、高山、许文三、高放四个男人,就着几碟家常小菜,喝起小酒。

高放:我先敬两位叔!何叔,最爱车站之人,刚刚 S2 线最后一班车已然开走,您可以放心小酌一杯了;许叔,最爱长城之人,刚刚泄露了您发现的半个秘密,一会儿听您说另一半;老爸,最爱我妈之人,现在您老婆已经安然入梦了,谢天谢地;我,最爱喝酒之人,阿弥陀佛,我老婆陪着您老婆也睡了——来,为我们至尊至贵的男人时刻终于到来,干一杯!

【众人应和,一饮而尽。

何多良:哎,还是年轻好啊,能拔腿就走,也能支起桌来就喝酒!

许文三:这两样咱们在座的都能做到,说明都还年轻!喝!

高山:革命人永远是年轻!你就说我,一个外乡人,祖辈因为修长城从南方迁到了北方,就这么跟万里长城结了缘,都说我是长城的金牌讲解,其实不过是用心而已,我说的每句话,脚踩的每块砖,都是在跟先人对话,都是在替先人代言……

许文三:这叫情怀!不是有首歌吗——一方青砖,一阕婉约的词牌;一封家书,是谁吟唱那首出塞曲……咱们脚下的这个地方,那是历史、现在和未来的交汇点!

高放:许叔,什么事儿经您一说,咋就那么神圣了呢?敬您!

何多良:那是因为你许叔走南闯北站位高!我开始搜集车站的老照片就是受老许的启发……都说传承,年轻的时候觉得这个词儿大,等到父辈们都离退了,自己忽悠一下子要站到第一线了,才觉得"传接承续"是太自然不过的事,就像吃饭、穿衣、恋爱、结婚一个样!

许文三:今天月亮正好!你们几位放眼远看,山脊上蜿蜒的长城和山脚下交错的铁轨,像什么?

高放:像……两个"人"字!

许文三:答对了一半。

何多良:按照地理坐标来看,我们现在正处在一个中心位置,是万里长城和京张铁路的交叉点!

高山:按照解说词的说法,那是两千年的长城文化和百余年工业文明的碰撞点!

高放:是东西方文化的汇聚点!

许文三:接近标准答案了!

高放:有意思!再喝一个!

【四人再次碰杯。春风籍着壮怀,众人都有些兴奋。

高山:跨峻岭,穿荒原,横瀚海,经绝壁,纵横十万里!

许文三:起春秋,历秦汉,及辽金,至元明,上下两千年!

何多良:(赞叹)罗哲文先生的名句!

高放:《长城赞》,小时候听我爸背过……

高山:这副长联有气势,和昆明大观楼的天下第一长联有一拼!

何多良:望长城内外,惟余莽莽,大河上下,顿失滔滔。山舞银蛇,原驰蜡象,欲与天公试比高!

许三多:和长城相关的诗句都是大气魄!

高山：我有个发现啊，你越深入研究长城，你就越会认同，长城的历史，就是中华民族融合的历史。我祖籍江浙，今天的京北一族，活生生的例子！

许文三：这在论的！你看万里长城的走势，跟400毫米等降水量线基本重合，这说明什么？说明长城本来就是农耕文明和游牧文明的分界线！

高放：闹了半天我就是农耕和游牧的结晶啊，怪不得这么聪明呢！

高山：你先有点儿眼力劲儿，给几位叔倒酒！

何多良：一句话概括，咱这地界，人杰地灵！就说咱们身后那座铜像——"中国铁路之父"詹天佑，1922年时就立在那儿了，他主持修建的京张铁路，那是工业文明进入中国的标志。

许三多：这我研究过，京张铁路最陡峭的一段就是南口至八达岭这一带，国外设计师看了地形都摇头晃脑龇牙花子……但是！伟大的詹天佑就是利用这条"人"字铁轨，巧妙解决了世界性工程难题，也把自己矗立成一座丰碑！

高山：明天我就打报告！以后游客再来参观长城，青龙桥火车站也应该作为重要一站！

何多良：我求之不得！这也是我舍不得离开这个车站的重要原因！来，咱们敬詹天佑一杯！请明月、春风作证，天佑天佑，请你保佑这条铁路，还有咱们这个车站,永远留下来,永远传下去……

【众人举杯,明月作证。

【收光。

第四场

【前场次日。
【民宿外。
【鸟语花香的清晨。
【高娣出门打扫着院子,少顷,高山出来。

高娣:你这么早起干吗?昨天喝了半夜的酒,再回去眯一觉去。

高山:睡不着了,今天有个旅行团,点名要我讲解,其中一位还特别预约要住咱们民宿,看长城夜景!

高娣:是不是你昨天打电话跟高放说要来住宿的那拨客人啊?

高山:昨天?我没给高放打电话呀。

高娣:这臭小子!又编瞎话哄我!

高山：你这么一说，我也纳了闷了，咱们民宿旅店刚开张，怎么会有游客点名要来呀？

高娣：哼，保不齐又是你儿子鼓捣的！他们现在用手机发这发那的啥事都能干，和我一起捡垃圾的那几个老外，用手机刚发的相片，没一分钟呢，全世界的人都能看见了！

高山：倒也是！养儿子还是有用哈……（朝远处一努嘴）哎，看那儿，石头底下压着呢，有一瓶子……

【高娣刚要去捡，忽然反应过来。

高娣：都看见了你不去捡？

高山：你不是有这瘾吗，我别抢你乐儿呀！

高娣：死要面子！捡个瓶子掉你价是吧？你就从"金牌"讲解变成"杂牌"讲解了是吧？

高山：行了不跟你个伤员斗气儿！（四下看看）反正也没人，今天这个瓶子，我亲自给你捡回来！你看着啊……

高娣：什么叫给我捡？别人扔掉的是垃圾，你捡起的是美德！咱就是个普通农民，干不了什么惊天动地的大事儿，咱就知道把自己门前、眼前拾掇干净了，自己高兴，别人看着也舒坦！

【高放、乔欣在二层民宿露台抬头出来。

高放：爸妈，你俩起这么早就为斗咳嗽啊？

乔欣：妈，您别数落爸了，今天我跟您一起捡垃圾,您等我一下啊,口罩、手套我都准备好了。

高放:(朝媳妇)你疯啦?

乔欣:咱妈现在已经上瘾了知道吗,就好比我坐着公车路过一商店,看见橱窗里有件特好看的衣服,可是车停不下来,生生就错过去了!我肯定会不甘心,有机会我就得找到那家店,把那衣服买下来,带回家,这我才舒坦,才踏实!明白了吗……你想让咱妈踏实吗?

高放:当然想啊!

乔欣:那还不赶紧着!(朝楼下)妈您等着啊,高放也一起去!

高山:(巴不得赶紧逃离)那你们俩看着你妈啊,我得上班去了!(下)

高放:唉,这辈子摊上这俩女的,我怎那么糟心哪!

【楼下,许文三也早锻炼回来,拎着个塑料袋,里面装着各种饮料空瓶子。

许文三:报告弟妹,本人已经早锻炼巡视一圈儿完毕,这是战利品,交柜上!

高娣:这个……老许,高放他们小两口正要去呢……

【高放、乔欣下楼出来。

高放:敬爱的许叔,给您跪了!您要是晚来一步,我跟我媳妇儿就"酒干倘卖无"去了!

　　许文三:保护环境,拒绝旁观者,争当参与者!我刚发了条微信,表扬你们舍小家、保大局的高尚行动,还配了张你妈妈负伤的照片,然后@延庆环保部门,你们看,立即就有回音啦,说马上派人来旅社了解情况。你们快帮你妈收拾收拾,准备接受采访吧!

　　高放:(蒙圈)什么,什么?这又是哪档子跟哪档子啊?!

　　【暗转。

　　【光起。

　　【环保干事小董用手机在摄像、村委会齐主任在一旁担当临时记者采访。

　　【高娣已经被按在了椅子上。

　　【乔欣帮着她侍弄衣着,设计形象。

　　【高放在一旁看热闹。

　　村主任:(问小董)开始吗?好,开始啊——高娣是我们村的村民,祖上就是延庆的,老住户了……平时待人和气,会过日子,她做的包子饺子还有韭菜盒子在我们村那是出了名的,她老公是长城的讲解员,孩子也有出息,在城里大公司工作,挣得也不少……

　　小董:您多介绍环保……

村主任:对对,高娣啊平时就爱干净,老早就在妫河两岸捡垃圾,还都是义务的,到现在坚持了有……多长时间了?

高娣:得有小 20 年了吧……

村主任:你看看,要说高娣这年岁,不老不小的,家里外头一摊子事,你们看,刚刚盘下来的这家旅店也是才开张,怎么那么寸,偏偏就在这个节骨眼儿,还中了埋伏,头破血流的,你看看,现在纱布还没有拆……

高娣:(皱眉)哎哟,让你说的,我这脑袋可又有点儿疼起来了……

高放:歇会儿歇会儿,主任,您也喝口水……

村主任:我没事儿,你看,世园会、冬奥会都要在延庆开,还不是因为咱延庆山好水好空气好!这都是祖先留下来的念想,我们可不能刨祖先的根,断子孙的本!咱们村出了高娣,那是咱们村的荣誉!就得使劲说,使劲宣传!

高放:(犯葛、装正经)嗯,我刚才琢磨了一下,认为您的想法很正确。您看一会儿说这几个要点好不好?

村主任:你说说,我听听。

高放:一个人捡垃圾不难,难在坚持了 20 年而毫不松懈;更难得的是,她带动了全家人的参与——

您看旁边这位,我媳妇儿,我妈的儿媳妇儿,也被带动到环保公益的队伍中来了,你们看,全套装备都在呢,手套、口罩,这边儿,还有抄子,我爸亲手做的……

乔欣:(悄悄捅了捅高放)之前没看出来,你原来这么爱出风头啊!

高放:配合宣传!(小声)宣传我妈事小,宣传旅店事大!这里边有咱投资啊别忘了!

【高放朝乔欣挤眼睛示意,乔欣不以为然。

小董:(举着抄子)这个好!有说服力,还感人!放在网站上肯定有点击率!

高放:你看是吧?青山绿水就是金山银山,物质生活再富足,要是没有"看得见山,望得见水,记得住乡愁"的环境,一切都将索然无味。保护环境是每个人责无旁贷的义务,我们应该做践行公益的倡导者,而不是毫无关联的旁观者,或者是反道而行的破坏者……

村主任:说得太好了!高娣你真是个人才,看这孩子教育的……(对高放)一会儿你来说,就这么定了!

高娣:行行,你们说吧,我那边儿躺会儿!

【一位住客上,夸张地举着双手。

住客:我要投诉!

【正侃在兴头上的高放连忙应付。

高放:先生您有什么话这边说!

住客:你是老板吗?

高娣:我是!先生,您有什么不满意的,您跟我说……

住客:你们这家倒真是"绿色"客栈哈!你看一下我的手,就住了一晚上,就变这色了……还有脚,也绿了……

高放:(立即反应过来)妈,我说你什么好!您是不是又把自己压箱底的存货给客人铺床了吧?

高娣:(讪讪地)白色的床单刚洗,还没干透呢……我这不刚受伤了么,实在是来不及……

高放:得亏您没给人家铺绿枕巾……要是脑袋也变绿了……呵呵,您也真是命大……这位大哥对不住啊!我们现在试营业阶段,管理方面还存在漏洞,您多批评,要不我给您免单,或者奖励您多住一晚!

住客:我都绿了还奖励我?

乔欣:不是,他不是那意思……

高娣:行了行了,我给客人赔不是!(朝住客)我这就帮你洗干净啊,乔欣,快给客房换床单去……

【乔欣、高娣哄着住客下,高放尴尬。

高放:刚才那段你们没录吧?

小董:没录,没录……

高放:(稍稍安慰)我说到哪儿了?哦对了,我觉得在我妈她们这代人的身上,保有一种勤俭朴素的美德……

小董:哎,你等会儿再说,我还没开机呢……

高放:啊,我先练练……

【高强领着康威廉上。

高强:哎,哥!正好你在!

高放:你从哪儿冒出来了?家里店里都快着火了!

高强:(环顾)这不挺好的吗?

高放:赶快帮妈收拾客房去,我这儿盯着宣传这摊儿走不开!(看见康威廉)您是……住店的?

高强:这是我从海坨山带过来的客人!我们的滑雪器具都是威廉先生赞助的!

【康威廉点头致意。

康威廉:奥运点燃梦想,我们共同参与!

高放:这,有点儿意思,咱们可以聊聊……

康威廉:我知道你妈妈!

高放:哟,咱妈还认识国际友人哪!您这中国话说得够棒的!

高强:威廉先生40年前就来过中国!

康威廉:我——爱——延——庆!

高放:哎,听着那么耳熟……哦,您就是跟我妈一起捡垃圾的老外……

康威廉:我和长城有缘分!我和你们家也有缘分!

高强:威廉先生说,他是慕名而来!夸咱们民宿选的地点很有眼力,以后,可以介绍更多的国际友人来咱们这儿听火车、看长城……

康威廉:今天晚上,我可以住这里吗?

高放:当然可以,热烈欢迎!

【康威廉的手机铃声响起,是《长城内外》的前奏曲——

【高放趁机把高强拉到一边嘱咐。

高放:快,亲自给威廉先生铺换床单,里外全新,必须白色的啊,快去快去!

【高强不知所以,应声急下。

康威廉:这首歌我很喜欢,设成了手机铃,每次铃声响了,我都要跟着唱几句……

【韩磊演唱版的《长城内外》,旋律渐成混响——

大雁飞过老墙,明月照在高台;

梦里驼铃驿站,醒来桑田沧海。

谁还在挑灯缝衣,将家书托与邮差;

谁在吟唱那首出塞,一腔血始终澎湃!

且伴我长风万里,五千载平仄节拍;

一方青砖,一阕婉约的词牌。

且看我壮志豪迈,问明天此情可待;
山河入画水云间,又唱天籁!

【伴随着歌声,大屏幕再次展现长城内外的雄浑、壮美。

【屏幕最终再次定格到那幅未完成的画稿。

【光渐收。

第五场

【前场次日,夜。皓月当空,近乎白昼。
【民宿前。
【不知哪里传来的长笛,乐声悠远,似有若无。
【民宿二层露台上,许文三在独酌赏月。

许文三:我欲乘风归去,又恐琼楼玉宇,高处不胜寒……(小酌一口)花间一壶酒,独酌无相亲。举杯邀明月,对影成三人……

【不知何处有人应和:月既不解饮,影徒随我身。暂伴月将影,行乐须及春……

【已经有些醉意的许文三循声试探:我歌月徘徊,我舞影零乱……

声音:醒时相交欢,醉后各分散。永结无情游,相期邈云汉!

许文三:谁?谁在那儿?

声音:东坡望月,李白醉月;古今同愁,来去同悲。

【许文三循声而去,发现康威廉也在赏月。

许文三:难得!如此良宵,您也有此雅兴!

康威廉:魂牵梦绕,月圆花好!

许文三:听说了,旅店刚入住了一位英国朋友!

康威廉:幸会幸会!

许文三:您的汉语怎么说这么好?

康威廉:1979年我就来过这里……我的夫人就是中国人!

许文三:那难怪了!1979年……我也是那年开始来延庆拍长城的!

康威廉:很有可能,我们见过!

许文三:(端详、肯定)很有可能,怎么看您都眼熟!

康威廉:我五岁的时候就看过一本画报,上面有一张中国长城的照片,美极了!从那天起,来中国看长城,就是我的人生目标!等到我长到了20岁,我就真的来了!

许文三:您就是……康威廉先生?第一位在长城上捡垃圾的外国人!久仰大名!致敬致敬!

康威廉:不不,我们都应该向长城致敬!向它的建造者致敬!

　　许文三:我很好奇,你五岁看到的是张什么样的照片?能对一个孩子产生这么强的吸引力……但愿有朝一日,我也能拍出那么棒的片子来……

　　康威廉:那张照片的构图很有气势,有长城,有铁轨,有山峦,还有风月,就像今天晚上!

　　许文三:今天晚上?(很感兴趣)那是本什么画报您还记得吗?

　　康威廉:时间太久记不清了,但是那张照片我剪下来了,一直保存着……诺,就是我的微信头像。

　　【许文三专注观看,简直不敢相信。

　　许文三:这场景,太像了!应该就是这张!

　　康威廉:怎么?这里边,好像有什么故事?

　　许文三:我几乎可以断定,这张照片是我父亲拍的!

　　康威廉:您的父亲?

　　【许文三也找出手机中的那张画。

　　许文三:您看,这是我父亲根据回忆画下来的,他也在到处寻找这幅照片的下落!

　　康威廉:(不敢相信)真的是!一张穿越了国界和时空的杰作,我可以帮忙查到当年的那本画报!(激动地)如果可以,我很想见见您的父亲,他是改变我一生的人!

许文三:我想,他也很希望见到您……

【两个人碰杯。

【高山与何多良上。

高山:聊什么呢这么投缘?威廉先生,这位何先生就是青龙桥车站站长,收集各种和车站有关的老物件,听我儿子说,您想见他?

康威廉:你们几位我都想见!我是把中国当成第二故乡的,因为长城,我和中国越靠越近,现在,已经成功打入内部——成了中国女婿!因为一张照片,我和这个地方结下了一辈子的缘分;又因为奥运,我和你们越聊越亲!今后我们有很多领域可以合作,旅游文化、滑雪器材、生态保护……(指许文三)就在刚刚,特别高兴,我又认识了,应该用什么词……啊,我的贵人!

何多良:老许是跨界能人,热心肠,人脉广,我们几个都是老相识了。

康威廉:看得出来看得出来,以后喝酒算我一个!

高山:正好,我们三缺一!

【众人碰杯。

许文三:威廉先生,关于那张照片,我特别想跟您核实一个细节。我听我父亲总是说,他记得那张照片上,好像有个姑娘的背影……

康威廉:应该是在左上角,有个模糊的人影……

【俩人拿着手机认真比对着,高山、何多良也凑过去看。

许文三:像素太低,实在看不清楚……

康威廉:那个姑娘,您父亲认识?

许文三:他说不认识,我猜啊,那姑娘只是偶然出现在那个位置,被偶然拍进照片里了……当然了,也有另一种可能,但是我不想深究,历史问题宜粗不宜细,咱们都是过来人……

【众人齐声碰杯:明白明白!

高山:不深究,但是不妨碍八卦!我猜啊,那姑娘一定很美!

康威廉:在最好的年纪,在一个月圆之夜……有诗意!

何多良:(还在手机上仔细辨认)那个背影太模糊了,我都不敢确定,到底是真有个人还是咱们眼睛花了?

康威廉:不是人,那还能是神?

高山:这可说不准,咱们长城的传说从古至今流传千年,人杰地灵之地,传奇轶事之乡!你就说哭倒长城的孟姜女、点将出兵的穆桂英、九眼楼出没的狐仙,都是咱们长城女儿的化身!

何多良:对啊,杭州西湖有白蛇传,咱们延庆就有美狐仙!

【康威廉忽然指着前方惊呼。

康威廉:银狐!你们看,狐仙显灵了!

【众人顺着指引远望,明月映照下,一袭白衣的妙龄女子正袅娜翩跹,柔韧的肢体舒展、蜷曲,如诗似歌,曼妙无比。

许文三:今夕何夕,见此良人?

何多良:幻觉吧?

高山:(一边辨认一边添油加醋)哎,传说九眼楼下还真有狐仙。说是明朝的边墙修到四海火焰山的时候,监工一看地形,一道道山脊崎岖险峻,站在最高处还能隐约看到北京城!他知道这个位置重要,就赶紧上奏朝廷。朝廷下旨,用最高规格修建一座三层敌楼,而且每面九孔,对应城里的九门城关。这工程修得苦啊,正赶上大旱,民工连水都喝不上,眼看就要停工了。一天晚上,一位白发苍苍的老太太提着个破茶壶给民夫送水来了,可这么多人,一小壶够谁喝的呀?只见老太太一甩手,哗啦一声,茶壶摔了个粉碎,可就在摔壶的地方,立时冒出一眼山泉,清凉的泉水甘甜无比,大家喝了个痛快!正高兴呢,一眨眼,老太太不见了,一只美狐狸从眼前嗖地一下跑远了……

【何多良不知从哪里找来一个望远镜观察,却不知用反了。

何多良：嘘！你们小声点儿！别给狐仙吓跑了……

许文三：哎呀，老何！慌什么？望远镜都拿倒啦！老高，快叫高放、高强他们出来看看！年轻人，比咱们眼神好。

【高山大呼小叫，招呼观看。

【高放、高强睡眼惺忪上。

高放：(定睛，少顷)你们没喝高吧？那不是我老婆正练瑜伽吗？

【高强哈哈两声，遂觉不妥，偷乐。

【切光。

第六场

【前场次日。

【民宿门前。

【高山一家正在各司其职,收拾、打扫、晾晒、清洁等等,准备开始民宿接待的日常。

【乔欣美滋滋地摆弄着手机,回味着被当作"狐仙"的成就感。

乔欣:(朝高放)哈哈哈,我刚把微信昵称换了,就叫"青龙小妖",还贴了一张昨晚上"月夜瑜伽"的美图,朋友圈立马爆了,一堆点赞的!我现在觉得咱爸咱妈办的这家旅店,特接地气,特招人气,我喜欢!

高放:你喜欢的是妖气,不就是"被狐仙"了吗?至于美得冒泡吗,幼稚!

乔欣:什么我幼稚,昨晚咱爸都以为仙女下凡了呢！爸,你给做个证。

高山:(收拾着一把抄子,讪讪地)角度,角度问题！

高强:嫂子你也是,练个瑜伽还非跑山坡上去练……加上昨天正好满月,弄得跟嫦娥附体似的,再加上老爸他们确实多喝了几杯……

【乔欣嘎嘎乐。

【高娣一直打扫院落。

高娣:哼,一群老花眼,做什么狐仙梦！谁没年轻过呀……

乔欣:(正色起来)我给你们科普一下啊,瑜伽讲究的是身心灵,最佳修炼地就是与自然最接近能让心灵最放松的地方！我昨天一边练一边有一种特别的感觉,我忽然发现,咱们这个民宿的所在地,就是前接历史后继未来的交界点,天地人在这里是一脉贯通的！所以,昨天我做动作特别投入,感觉像被灌了顶！

高山:(朝高放)你别说,乔欣回来没几天,说话办事可比你上路多了！

高放:我也没闲着呀,这为宣传咱们旅店,都录了好几期视频了。村委会都要给我发聘书了,授予我荣誉村民待遇……

高娣:你们几个别贫了,趁周末休息赶快准备那个问答题吧。

高放:对对,这是为咱们旅店争取来的实打实的待遇。我正式汇报一下啊,鉴于我宣传推广的力度和广度都很有收效,区里决定在咱们民宿搞个"长城知识有奖问答"的试点,具体呢就是在客人入住的时候参加答题,全都答对的客人可以抽奖,奖品是免费住宿一晚,住宿费由文化企业赞助,括弧,稍稍高于市场价格,也算是对咱们民宿的支持啊!

乔欣:出题考试?这个我拿手。一类选择题,一类填空题。(划拉着手机)这就来啦啊,请听题——"长城是我国古代最伟大的军事防御工程,历史悠久,规模浩大,具有很高的历史、科学、军事、建筑和文学价值。"这就可以设计成一道填空题,把科学、军事、文学空出来,让顾客答。

高放:人才!发我发我,算一个!

高强:这我也会!万里长城保护志愿联盟将在八达岭长城开展 5+N 志愿主题活动,请问,5+N 的 N 是指什么?

乔欣:哟,高强,行啊,几天没见,刮目相看了,这题太新了,我还真不知道!

高强:标准答案是"讲长城故事、传承长城文化、号召更多的人加入到保护长城的行动中来"……呵呵,我们滑雪集训的时候刚学的!

乔欣:你们教官有远见,不光训练技能,还普及长城知识!

高强:当然,我们以后也是要当教官的呀!

高放:(朝高强)你先靠边儿待会儿!看我这个——长城的墙体是先用泥土和什么(石块)填平,用夯筑实,什么(方砖)封顶,糯米汁拌什么(石灰)灌缝,才能做到三面风雨不透,不生杂草,坚固耐用,五马并骑,十人并进 ……

乔欣:有进步!不过这题太长,可分解成两道……

高山:那我也出一道,你们要能答上来,今天我下厨炒菜!

高娣:太阳能打西边出来?

高放:妈,您放心,今天正经让您过个双休日!爸,尽管放马过来!

高山:好!请说出两首描写长城关隘的古代诗句!要整首背出来!

乔欣:我会!——渭城朝雨浥轻尘,客舍青青柳色新,劝君更尽一杯酒,西出阳关无故人。

高山:阳关!不错,是长城关隘……但是,作者是谁,诗的题目也要说出来!

【高放和乔欣脑筋快速转动。

高放:王维的……

乔欣:(抢答)《送元二使安西》!

高山:俩人合作的,这得打折扣!

高放:行行,其中一道菜,我给您打下手……

高山:这才说上一首,还差一首呢!

【高娣看着爷俩斗嘴,心里欢喜,嘴上不说。

高娣:哎呀,这个费劲!这菜还是我炒吧!

高放:那不成!您养儿千日,今天用儿一时!我今天必须把您的下厨豁免权拿到手——

高强:乔欣,你知道也不许说啊,得让我爸心服口服!哥,你来——

高放:听着啊——黄河远上白云间,一片孤城万仞山。羌笛何须怨杨柳,春风不度玉门关!——王之涣的《凉州词》!

【乔欣欢呼,亲了高放一下。

高山:得,我择菜去了!

高放:慢!菜肯定是您择了,您还得回答对我的一道题,否则,碗也是您洗!

高山:嘿,你个臭小子还来劲!

高放:来而不往非礼也。

高山:我一个金牌解说员还能被你难倒不成?

高放:请听题——万里长城共有十三关,请一一说出它们的名字!

高山:老爸可以用灌口说出来让你见识见识!

高娣:啥叫灌口?

乔欣:就是一口气下来中间不喘气儿。

高娣:那为啥呀,不憋死啦?

高山:我跟人打过赌,专门练过十三关的灌口!

高强:是跟许叔叔打的赌吧?

高山:你许叔叔曾经输给过一个外国人,很没面子,从此发奋,了解储备各种长城知识,说我们中国人连国歌都唱的是"用我们的血肉筑起我们新的长城",没有任何理由不对长城了如指掌!

高强:那今天咱们有福了,听长城金牌讲解员用灌口说关口!您请——

高山:给我喝口水!

高放:还带饮场的!

【乔欣递茶水。

【高山摆架势、清嗓、亮活儿。

高山:按自东向西的顺序:第一关山海关,第二关黄崖关,第三关居庸关,第四关紫荆关,第五关倒马关,第六关平型关,第七关偏头关,第八关雁门关,第九关娘子关,第十关杀虎口关,第十一关嘉峪关,第十二关阳关,第十三关玉门关!

【众人鼓掌叫好。何多良悄悄加入倾听。

高山:这里边,关关有说法,关关有门道!——山海关,有天下第一关的美誉;居庸关,著名的燕京八景之一；平型关，中国军队打赢了抗日战争的第一个大胜仗；杀虎口关，那是走西口的发生地；嘉峪关，是万里长城最壮观的西部要塞；阳关和玉门关，都被著名诗人吟咏赞叹，留下过传诵千古的名篇绝句！

【何多良带头鼓掌。

何多良：如数家珍！

高强：小的心悦诚服！

高放：甘拜下风！这顿饭我下厨！爸、妈、何站长，你们擎等着吃现成！谁动一个手指头都算我不孝！

何多良：家有一老，如有一宝。你家可是有两块宝呢！你爸，是让世界了解长城的一块宝；你妈，是让世界爱上长城的一块宝……

高娣：妈呀！我可没你说的那么宝贝……

乔欣：您说得在理儿，原来我感知的长城都是书本上的概念……长城是国际交往中心，长城是中华民族DNA！可这两天在咱们民宿帮忙，每天抬眼就能看见长城，就觉得自己和长城是相通的。

高强：（打趣）尤其是"狐仙"事件之后……

乔欣：我说正经的呢！

何多良：到底是文化馆的干部！有觉悟，有高度！有前途！

乔欣：我打算给民宿旅店做个网站，用图片说话，又直观又有说服力，还想请您跟许叔多多赞助呢!

何多良:没问题!我先把我的库存都支持给你!

高强:把我们农民滑雪队也放网站上,我给你提供视频!

乔欣:好啊,好啊,奥运点燃梦想,我给你们滑雪队做个专题,内容越丰富越好!

高放:你这主意我怎么没听说过啊?

乔欣:刚想明白的,现在说也不晚呀,你支持不支持?

高娣:(抢先)我支持!我们可有个帮手啦!我相中的这个儿媳妇就是孝顺!现在就说好啊,你们的孩子妈给带!

高山:你先别打岔!人家说的是支持工作,不是支持生孩子!

高娣:工作孩子两不误,妈都支持!

【高放拉起乔欣。

高放:你先支持我把这顿饭做了吧!

【二人下。

高娣:哎哟,这俩小祖宗,那得猴年马月能吃上啊?(高娣与高强跟下)

【许文三搀扶着许竞天,康威廉跟上。

【高山、何多良迎上。

高山:许叔叔!精气神真棒!什么事儿惊动您的

大驾啦?

许竞天:我想这个地方了!

许文三:我爸听说他那张照片有下落了,激动!非要让我带他来见威廉先生。

康威廉:(上前致意)感谢老人家!您当年的一张照片,把我一个英国人,生生变成了中国女婿!您太了不起啦!

许竞天:那是我们中国的女士了不起!

康威廉:我同意!

许文三:爸,威廉先生这两天联系了当年刊登照片的杂志社,他们找到了存档,特意复制了一幅给您!

【康威廉递上一幅画框。许竞天仔细端详。

许竞天:是这张!就是这张!这下可好了,我那幅画可以完成啦!(环顾)七十年了,这个车站还是原来的样子,我年轻时候的样子……

许文三:这得感谢何站长他们父子两代人的坚守!

【许竞天脱帽致意,何多良忙推辞。

康威廉:老人家,我很好奇,您一生拍了无数张照片,为什么偏偏就对这张照片念念不忘?

许竞天:问得好!问得好……人生在世,能够称之为转折点的时刻少之又少,所以才珍贵。这张照片记录的就是我人生的第一个转折点——拍完这张照片我就入伍了……这张照片记录的,是和平的模样:日月、山河、城池、女子……见证过这些珍贵,够了,足够了!

康威廉:懂了,这张照片里浓缩了人生的珍贵,所以动人心魄!谢谢您老先生!

许文三:(思忖)和平的模样……(点赞)老爸,牛!

高山:和平了才能发展,发展了老百姓才有好日子过,冬奥会才会在家门口开啊!

何多良:老爷子,2019年,京张高铁就要建成通车了,到时候,我们这个车站也会成为一种象征、一个标本保存下来,等您这幅画完成了,您要是信得过我,就赏给我,我一定挂在车站候车室最显眼的位置……敢不敢跟我拉钩?

许竞天:当过兵的人,就没有不敢的!拉钩!

何多良:各位一起做见证啊!

【两个人拉钩,约定。

【高娣、乔欣端着刚出锅的饺子上。

高娣:哎,热腾腾的饺子,大伙儿趁热吃,我给威廉先生特意包的三鲜馅儿,欢迎你来住店,以后多带老外来啊……

【众人忙支应。

高山:饺子就酒,越喝越有!先给老先生满上!

许竞天:半杯,半杯就好……

许文三:我爸喝酒从来不倒满。

何多良:这有什么讲究?

许竞天:自古人生最忌满,半命半天半机遇,半取半舍半行善;半聋半哑半糊涂,半智半愚半圣贤。

许文三:半人半我半自在,半醒半醉半神仙,半亲半爱半苦乐,半俗半禅半随缘!

高山:好啊,真好!让咱们干了这半杯酒!

【众人举杯。

【火车的笛声。

何多良:火车开过来了,老爷子,您站在这个角度看长城,最美!

【众人朝远方凝视。

【大屏幕展现那幅绘画,并渐渐与真实雄伟的长城景象融合为一。

【乐声渐大,光渐收。

尾声

【2022年春节前夕,冬奥会开幕在即。

【车站前小广场。

【延庆区委组织的"奥运点燃梦想,共建绿色家园"的群众文化演讲活动正在火热开展。

【区领导在给高娣等人颁发环保卫士的荣誉奖状。

【高放、高山、乔欣、许文三、何多良等人鼓掌叫好。

许文三:我宣布,"万里长城保护志愿联盟"已经招募到全国各地的志愿者超过万名啦,再有报名的就是第一万零一个!

何多良:算我一个!万里长城嘛,我也沾沾"万"字的光!

高放:既然老同志都表态了,我们年轻人也不能落后。我声明,从即日起,我决定在延庆发展我的后半生事业,给父母养老的同时,发展乡村文体旅游事业,我已经跟康威廉先生签好协议啦,我们商贸公司是延庆第一家经营滑雪器材的供货商!

许文三:好小子,这回你算是忠孝两全了。

【台上,乔欣在做环保演讲。

乔欣:都说延庆的山美水美,我觉得延庆的人更美。为了保障这个首都的生态涵养区,延庆人牺牲了很多发展的机会,我们不能建设新的大型酒店,所有新建建筑的高度、宽度都有严格限制……但是作为金名片,我们牺牲小局顾大局,保住了最令人羡慕的蓝天碧水,这是延庆人最大的骄傲!

【众人鼓掌。

高放:就冲这一点,来延庆买房保准升值!

许文三:我早就相中一套啦!正宗山景房,冬天地热采暖,夏天树荫参天,神仙一样的日子……

何多良:你们都忘说一样儿:咱们的京张高铁、京延高铁、延崇高铁都通车啦,不光是为北京冬奥提供了交通保障,也为居民日常出行提供了极大便利,可以毫不含糊地说,咱们延庆现在是四通八达的通衢之地!

高山:听见没有?三条高铁通车!属于延庆的重

大机遇就摆在咱们眼巴前儿啦!

高放:升值空间巨大!

高山:别老打你自己小九九!

乔欣:在旅游服务、接待能力方面,咱们延庆也走在头里,已经建成了乡村民宿、山景别墅等多种旅店酒家接待四方来客,其中就有我参与的"画里人家"民宿旅店,开业已经是第四个年头了,欢迎大家有机会到我家来做客!

【众人鼓掌。

高放:大家现在就可以去民宿参观,我们民宿的微信公众号名字就叫"春风正度"——为了加深印象我给大家科普一下啊,大家都会背的一句古诗叫"春风不度玉门关"是吧?说长城一共有十三关,玉门关是离京城最远的一关,而我们所在的居庸关,是离京城最近的关口,也就是春风吹过的第一个长城雄关!……请大家放眼远眺,在这条"人"字铁轨的交叉点上,万里长城也在延庆的山脊上写下一个"人"字,天与地的"人"字交汇在我们的面前,是个什么字?——对,恰恰是一个"义"字,而我们这些延庆人,正是道义、正义、仁义、信义之中最最宝贵的那一"点"!

许文三:说得好!你终于把"人"和"义"的内涵都点透啦!我给你满分!

何多良：请大家让一让，火车开过来啦……

【火车的汽笛声。

【大屏幕播放剪辑好的"火车穿越花海"的小片——

【乐声激昂中，众人谢幕。

——全剧终